No soñarás flores

FERNANDA TRÍAS
No soñarás flores

RANDOM HOUSE

Título: *No soñarás flores*
Primera edición en Random House: julio de 2024

© 2016, 2017, 2019, 2020, Fernanda Trías
Publicado por acuerdo con VicLit Agencia Literaria
© 2024, de la presente edición en castellano para Colombia:
Penguin Random House Grupo Editorial, S. A. S.
Carrera 7 # 75-51, piso 7. Bogotá, Colombia
PBX: (+57 601) 743 0700

Diseño de cubierta: Penguin Random House Grupo Editorial
Imagen de cubierta: Fernanda Montoro

Impreso en Colombia-*Printed in Colombia*

ISBN 978-628-7638-58-7

Compuesto en caracteres Garamond

Impreso por Editorial Nomos, S.A.

Contenido

No soñarás flores

Esta mañana compré dos tubos de cinta adhesiva, una tijera y una birome que se desliza rápido por el papel satinado del cuaderno. Voy a contar lo que pasó, con la mayor fidelidad posible, y después voy a entregarle el cuaderno sellado a Carmela. Sé que homenajear a mi padre no tiene nada que ver con lo que haremos esta noche, ni siquiera con lo que hicimos en los últimos meses y que, sin quererlo, nos condujo hasta acá. No importa. A su manera, todos fuimos débiles; hasta Carmela, aunque eso no debería servirme de consuelo: es mezquino aliviar el fracaso propio con el fracaso ajeno. Lo que quiero decir es que no escribo para mi padre, y si me atrevo a hacerlo sin cambiar nada, sin juzgarme siquiera, es porque sé que el misterio seguirá intacto. Nada encontrarán en estas páginas mis amigos o mi hermano que les permita entenderme, como tampoco yo logré acercarme ni un centímetro a ese desconocido que fue mi padre.

Cuando él murió, hacía cinco meses que me había mudado a la casa de La Paternal. Espinosa y Álvarez Jonte. Trabajaba cuidando a una vieja de noventa años, la abuela de la familia. Le servía la comida, le cambiaba los pañales, la duchaba dos o tres veces por semana y le hacía compañía. En los días buenos le limaba los callos, le cepillaba el pelo. De ocho a siete y media, los días de semana, y los sábados hasta la una, cuando la dueña de casa iba a la feria y cocinaba todo tipo de guisos que congelaba en táperes individuales. Los táperes se apilaban como un iglú dentro del freezer y en el transcurso de la semana iban desapareciendo: la dueña, su hijo, la vieja y yo. No había más que calentarlos en el microondas y cuidar que no quedara un centro helado de lentejas pegoteadas; cuidar también que no estuviera demasiado caliente, porque la vieja ya no sentía la temperatura y era capaz de lanzarse a la boca una cucharada de lava directo del volcán. Si se ampollaba, adiós trabajo, adiós piecita junto a la terraza.

En la casa también había un perro blanco que parecía un lobo y que aullaba hasta que la dueña volvía del trabajo. La primera mañana pensé que la vieja estaría loca y que gritaba presa de un delirio. Después pensé que le había dado un ataque y que gritaba agonizante en el baño que compartíamos, tan chico que era imposible casi cualquier maniobra. Bajé corriendo la escalera desde mi pieza solo para descubrir que esos aullidos humanos, desgarradores, salían del perro. A su modo, la vieja también aullaba. Pasaba la tarde insultando al perro, le decía que se callara y su voz ronca se imponía sobre el ruido del televisor. A veces yo salía de su habitación y le hacía creer que estaba limpiando algo en la cocina, aunque en realidad me quedaba en el pasillo, justo afuera de la puerta, escuchándolos: el perro, la vieja, el perro, la vieja, hasta que al final era lo mismo que oír un golpe y su eco. De pronto algo me delataba. La vieja tenía un oído muy sutil, el único sentido aún intacto. «¿Nena?», decía, y ahí terminaba yo, mirando televisión junto a su cama con pasamanos como una gran cuna metálica.

A los aullidos y a los gritos a veces se sumaban los ensayos del hijo, que había convertido su viejo cuarto en un estudio. La habitación de paredes acolchadas en el segundo piso no alcanzaba a ahogar los golpes de la batería. Así pasaron los primeros meses, pero cuando mi padre murió, esos ruidos se volvieron insoportables. Valga decir que en el tiempo que llevaba viviendo en Buenos Aires no hablé con mi padre más de dos o tres veces. Una llamada corta desde el locutorio en Juan Agustín García, una llamada glacial, orgullosa, y adiós que te vaya bien. Murió sin que hiciéramos las paces, y yo recordaba como si fuera ayer el peso de su cuerpo desplomado entre las botellas vacías, recordaba lo que era vivir con él, el ventilador eternamente prendido, la manía de dejar un cigarrillo en cada cenicero, como piras funerarias. Le quedaba treinta por ciento del corazón, así me dijo la médica la última vez que lo internaron. Claro que él lo sabía mejor que nadie. «Cada uno tiene derecho a ofrecer su cuerpo en sacrificio». Lo cierto es que ya no podía soportar los ruidos de la casa, y un día simplemente salí y dejé a la vieja sola. Me fui a la plaza, volví al rato para ver cómo seguía y constaté que nada había cambiado: aullido, rezongo, el latido grave de la batería en la planta alta. Me senté un rato con ella a mirar las noticias de la tarde. Acababa de morir Sandro; sus labios gruesos y pardos llenaban la pantalla.

Se me hizo costumbre salir todas las tardes después de calentarle el guiso a la vieja y de dejar nuestros táperes lavados y boca abajo sobre la rejilla de la cocina. A la plaza, a la iglesia, a un bar, no importaba mucho. A veces cruzaba las vías de La Paternal y atravesaba en un sueño el humo de las fogatas hechas de hojas y llantas hasta la puerta lateral del cementerio. Las tumbas no me causaban ningún alivio, pero era más llevadero sentir el dolor hasta el final, provocarlo, antes que tenerlo ahí, pulsando como una llaga.

A Carmela la vi por primera vez en la plaza de Juan Agustín García, si se le puede llamar plaza a ese triángulo de baldosa y cemento con un edificio tapiado como telón de fondo: un gran muro con afiches del primero de mayo y plantas naciendo de las grietas, yuyos finos que emergían como los rayos de una luz endeble de las ventanas clausuradas. «La Paternal no olvida», decían los afiches hechos jirones, el papel hinchado con burbujas de aire, los colores deslucidos por la lluvia. A las seis de la tarde, en esa plaza, un grupo de viejas se paraba en círculo y rezaba el rosario. Algunos tímidos o curiosos escuchábamos de lejos, sentados en los bancos de hormigón. Carmela miraba desde el banco frente al mío y quiso el azar o el destino que tres días antes hubiese pasado lo del teléfono, que tal vez sin eso nunca me habría fijado en ella. Lo que me llamó la atención fue que sostuviera algo —que más tarde supe era una bolsita con flores secas— apretado contra la nariz. Ella también huele, pensé.

Para no saltarme nada debería contar cómo empezó lo de los olores. Fue una semana después de la muerte de mi padre, al volver de Junín. Mala señal: no me animé a contárselo a nadie. Tampoco tenía amigos en Buenos Aires y supongo que eso habrá contribuido a lo que pasó después, pero había dos o tres personas que veía cada tanto y también estaba mi hermano en Córdoba, con quien me escribía desde el locutorio. A nadie le conté lo de los olores. El caso es que llegué a Retiro por la noche, me tomé dos subtes hasta Chacarita y de ahí el colectivo que me dejaba en la esquina. A pesar del cansancio, quise desarmar el bolso y ordenar los objetos de mi padre que había traído conmigo. Su celular estaba dado de baja, pero podía usarlo de alarma; fue así como descubrí, justo antes de acostarme, que el teléfono aún tenía su olor. Claro que no era la primera vez que abría la tapita. Durante la semana anterior había revisado los mensajes, los contactos, las llamadas que mi padre hizo antes de morir, pero recién esa noche se me dio por oler las teclas. Será que vi entre las junturas esa caspa blanca, el eccema que heredé pero que él no combatía con ungüentos ni corticoides y que le había tomado la cara, sobre todo las cejas, los lados de la nariz y la frente. Olí el teléfono. Aspiré ese olor que hacía tiempo no tenía nada de agradable, pero que era de él, del padre que yo había tenido al final, en sus últimos y peores años: desahuciado por sí mismo.

El día después del entierro también había estado oliendo cosas: llegué a la casa de mi padre y mi hermano ya estaba ahí, sacando la basura. Lo primero que agarré fue la almohada. Tenía el mismo olor que el teléfono. En esa funda percudida habían apoyado su cabeza muerta. Olí las sábanas sucias. Olí un pulóver que estaba sobre la silla, sucio también, y después olí la ropa en el placar. Todavía recordaba el olor del velorio, el que siempre atribuí a las flores marchitas. Ahora sé que no son las flores las que huelen así. Ese olor pesado, empalagoso, es el olor del cuerpo muerto o de la sustancia que le ponen para que no se desinfle, no suelte lo que mantiene adentro gracias a dos algodoncitos apretados en la nariz. Lo sé porque lo olí cuando nadie me miraba; le olí la piel de la cara, lo único al descubierto entre esa mortaja esponjosa con voladitos que le pusieron. Y después, en un momento en que estuve sola con el ataúd cerrado, olí también las junturas de las maderas y toqué las tuercas doradas que atornillaban la tapa, aunque solo olían a metal helado. Pero no fue hasta la semana después, cuando pasó lo del teléfono, que pensé realmente en eso: que el olor de mi padre sería lo primero en olvidarse, lo más frágil, y fue como si de pronto mi padre muriera de nuevo, pero ya no solo, en su casa, tratando de abrirle la puerta a los paramédicos, sino ante mí, en mis propios brazos, literalmente en mis narices.

Unos días después volví a ver a Carmela y esta vez me senté a su lado. Lo que me intrigaba era saber qué sostenía contra la nariz. ¿Un pañuelo? ¿Una imagen de la Virgen? Desde el principio me di cuenta de que ella también tenía un muerto y de que era pobre, al menos más pobre que yo, o tan pobre como yo pero desde hacía más tiempo, porque la tela gastada de los pantalones se veía clara en las rodillas y los zapatos tenían el cuero agrietado ahí donde el pie se pliega al agacharse. Hablaba de manera inconexa y a veces quedaba en blanco, silenciosa como un avión de papel, la mirada perdida en los pies de las viejas que rezaban, hasta que de pronto decía algo que no tenía nada que ver con mi pregunta o con lo que veníamos hablando. Me contó que estudió Bellas Artes en Rosario, pero que no había terminado. Vivió unos años en Santa Fe, y por un tiempo, cuando volvió, tuvo un puesto de cerámica en Parque Centenario. «¿Y ahora no?», le pregunté. «Ahora no», dijo con desdén, como si el ahora no existiera o fuera una cosa despreciable. Le invité un café con medialunas, no tanto porque pareciera no haber comido en semanas, sino como una excusa para averiguar más. Al final abrió la mano y me mostró el amuleto dentro de la palma enrojecida. Me habló de Maite, su hija de dieciséis años, muerta hacía once meses de meningitis. La bolsita de flores secas la llevaba su hija entre el cuerpo y el corpiño para perfumarse.

—Siempre estaba perfumada —dijo, y enseguida me contó que ella misma había sacado la bolsita del cuerpo sin vida.

Cuando nos despedimos, Carmela me agradeció. Dijo que ya no podía hablar con nadie. «La gente se cansa de que le cuenten las mismas cosas». En ese momento Carmela estaba sana, o mejor dicho, no lo estaba pero aún no se había enterado. Lo supo dos meses después, cuando lo anunció en casa del ciego. Panizza, que trabajaba en el Fernández, le había conseguido una hora de urgencia con un médico amigo suyo. De hecho, fue ella la que me presentó a Panizza. Él era enfermero en el turno de la noche cuando la hija de Carmela murió y, por supuesto, también tenía un muerto.

Ni aunque llenara este cuaderno de palabras podría explicar la impresión que me causó Panizza cuando lo vi entrar al bar, apurado, la bata enrollada en el antebrazo como un búho blanco. Dos cosas me perturbaron: que llevara su dolor tan dignamente, sin la más mínima afectación, y que fuera atractivo —del tipo oscuro: cejas negras y despeinadas, labios gruesos que enseguida imaginé lentos y calientes, un poco como los de Sandro—. No es que se pareciera a Sandro, no, pero tenía ese tipo gitano, la piel con cicatrices o poros grandes; o será que Sandro estaba muerto y Panizza tenía algo sombrío y sereno, una entereza que Carmela y yo no habíamos alcanzado. (Ahora recuerdo que, mientras mirábamos televisión, la vieja no se cansaba de repetir que Sandro había sido hombre «de una sola mujer»).

Si soy sincera, también debería confesar que hubo otra cosa que me perturbó: que Panizza no sufriera por mí. Ridículo, ya sé, porque acababa de conocerlo, pero todo eso se precipitó en el instante mismo en que abrió la puerta vaivén y dio los tres pasos hasta nosotras con la bata desmadejada en el brazo, la boca murmurando a medias «perdón», el olor a cloroformo que me llegó como una oleada del pasado, cuando acompañaba a mi padre a las rondas del hospital. Yo tenía todos los derechos porque era la hija del médico de sala y entonces podía acercarme a las vitrinas, poner las manos pegoteadas sobre el vidrio impecable y mirar de cerca los frascos de remedios, los tubitos etiquetados llenos de sangre negra. Nadie iba a decirme que no empañara el vidrio con mi aliento a caramelo de frutilla; nadie iba a impedirme aspirar el olor de los medicamentos, el olor rancio a hospital que tanto espantaba a mi abuela: «Lleno de gérmenes». Seguía a mi padre por el pasillo y en la puerta de cada habitación me detenía a espiar los pies de los viejos, como montículos de nieve bajo la sábana tiesa; usaba el estetoscopio de micrófono; podía comer los postres, el flan soso pero prohibido, la gelatina de cereza. Podía patinar sin zapatos por la baldosa brillante donde se reflejaban las luces del techo; tan pulcros, esos pasillos, aunque las medias terminaran negras en la palangana con cloro. Ninguna enfermera iba a impedírmelo; nadie me trataría mal o me pincharía los brazos.

Panizza se sentó y lo primero que dijo fue que Carmela le había hablado mucho de mí. Yo no lo traté bien, y casi enseguida —como si ese asunto debiera quedar zanjado entre nosotros desde el principio—, le dije que mi padre era médico. No le conté lo otro, las deudas, el treinta por ciento del corazón y cómo yo había empezado a cuidar viejos para alimentarnos a mi padre y a mí. Panizza tenía cuarenta años, viudo desde hacía cinco meses, y no era del tipo histriónico. Como yo, Panizza nunca lloraría en público. Mi padre era igual. Le gustaba compadecerse de sí mismo, pero nunca le vi una lágrima, ni siquiera cuando me echó de su casa gritando que si yo tenía vocación de muleta, me fuera a buscar a un paralítico. Él no me necesitaba para nada, dijo, no me necesitaba más.

Esa noche nos quedamos en el bar hasta la madrugada. Hablé casi frenéticamente, sin detenerme ni para tomar un sorbo del café que se iba enfriando en el pocillo. Conté cómo, desde la muerte de mi padre, tenía terror de enfermarme, de pescar aunque más no fuera una gripe, el resfrío más insignificante. Y conté de la vez en que me quebré la muñeca, a los siete u ocho años, y cómo mi padre, mirando ese montoncito de huesos colgantes, me enyesó él mismo y dijo que no era nada. Tenía algo compacto, el silencio, en ese bar de taxistas; rebotaban las miradas en las mesas y las paredes. Cuando llegué a la casa lloré por primera vez desde el entierro. Me venía a la mente el colchón en el que había dormido durante años en el living de mi padre; el colchón desnudo, solo, recostado contra la pared como si estuviera aireando el meo de una niña incontinente. Por momentos me dormía y el propio temblor del cuerpo me despertaba. Las pocas veces que lo llamé desde Buenos Aires, él estaría sentado en el sofá, mirando el colchón que ya nadie usaba pero incapaz de guardarlo en alguna parte. Estaba ahí, con las mismas manchas ocre de líquido derramado, el día en que mi hermano y yo vaciamos todo.

La mujer de Panizza tenía problemas mentales. No debería contar aquí detalles de los muertos ajenos; no solo por pudor, sino por el pacto que hicimos en una de las primeras reuniones en casa del ciego. Los muertos de los otros no se discuten fuera del grupo, ni siquiera fuera de la casa. Solo diré que, hacia el final, cuando sus ataques eran más frecuentes, Panizza sintió que ya no la conocía. Ella era otra, ¿y por qué habría él de querer a esa extraña, pura piel y hueso de tanto negarse a comer, sin siquiera memoria de lo que habían sido? Una lucha se libraba sobre la cama del hospital. La otra le robaba el cuerpo a la mujer de Panizza, la consumía, y me acuerdo como si fuera hoy de la manera en que él movía los dedos sobre la mesa cuando nos habló de ella:

—Tenía los ojos abiertos, pero no me reconoció. Me miró como si yo fuera un pedazo de madera o cualquier otra cosa, ¿entendés? Y lo peor es que yo tampoco la reconocí. De pronto pensé: ¿qué estoy haciendo en este cuarto, en este sanatorio? Hasta me pincharon un cartelito acá —dijo, señalándose el bolsillo de la camisa—, que decía «Familiar». ¿Te das cuenta? ¿Familiar de quién?

Carmela clavaba un dedo sin uña en un sobrecito de azúcar. La tarde anterior, en la plaza, la vi llorar en el banco y pensé por primera vez si debería abrazarla, si valdría la pena un gesto así con ella. Acababa de decirme que hubiera preferido ver a su hija hecha un vegetal antes que muerta, y yo miré a lo lejos, a un punto indefinido de avenida San Martín, mientras ella hipaba y estrujaba contra la nariz la bolsita de flores, embadurnada de moco, lágrimas y saliva.

—Respiraba —dijo Carmela—, al menos eso.

Panizza no la oyó o no quiso escucharla. Se miraba las manos, y cuando volvió a levantar la cabeza la piel se le tensó en las mandíbulas:

—Tenía derecho, ¿no? Tenía derecho a no quererla.

El silencio se extendió en el bar hasta derramarse en la noche por la ventana abierta. Carmela rompió el sobre de azúcar y los granos brillaron sobre la fórmica celeste. No, pensé. ¿Pero cómo iba a decírselo? ¿Cómo decírselo a Panizza si acababa de conocerlo, si tenía esa sonrisa tan linda, de dientes blancos y colmillos apenas afilados? No teníamos derecho; aunque diera rabia, aunque me vinieran ganas de romper las botellas que él escondía en el placar, ganas de dejarlo abandonado, atragantándose con su propia lengua. Las sombras cruzaban la cara de Panizza y el peso de la sangre le abultaba una vena en la frente. Visto así era distinto, más blando, más lleno de detalles. Tenía un punto de sangre en el blanco del ojo. Tenía un hueco entre las pestañas, una zona extrañamente despoblada.

Afuera se veía una fila de taxis estacionados. Los taxistas no comían en grupo, sino cada uno en su mesa, los ojos fijos en el televisor donde pasaban la repetición de un partido. En el bar habría parientes de los enfermos del Fernández, pero ellos tampoco se sentaban juntos, y en aquel momento sentí que Carmela, Panizza y yo compartíamos algo verdadero, un lazo que nos mantendría unidos como esas cintas amarillas que usan los bomberos para demarcar la zona de derrumbe. Nosotros. Esa debió ser la primera vez en que nos pensé así.

Los días siguientes no salí a la calle. Sabía que Carmela me esperaba, que buscaba con los ojos mi silueta bajando por Espinosa. Para no pensar, trabajé con más energía que nunca, unté el cuerpo de la vieja con crema, le masajeé las pantorrillas azules y sin sangre, fregué el baño con cloro hasta despellejarme los dedos. El trabajo no me resultaba difícil. Estaba acostumbrada a cuidar gente, a levantar pesos muertos. Era musculosa, aún lo soy, aunque he adelgazado mucho desde que dejé la casa de la vieja. A más de uno le impresionaba mi fuerza siendo así de chiquita, un metro cincuenta y dos. Chiquita no, retacona. Ancha de espalda, tobillos gruesos, manos acolchadas. Carmela tuvo que ajustarme los pantalones unos cuantos centímetros en la cintura. El resto no me importa, que cuelguen las camisas, que bailen los vestidos como una sábana suelta sobre un cuerpo no identificado.

Cuanto más déspota se volvía la vieja, mejor. Nena para acá, nena para allá. De pronto le vino un apetito voraz y pedía su comida a cada rato, o quería que le leyera la revista de chismes, el horóscopo, las necrológicas; tenía hambre de todo. Yo cumplía sin dejar ningún momento vacío, y cuanto más me ocupaba, más lejos me sentía de aquello que intuí en el bar, el presentimiento de que nunca saldría de este pantano de pérdida y que ya no podría transitar el mundo en paz si no era en compañía de esos dos desconocidos.

Pasó una semana en la que Carmela y Panizza se fueron achicando hasta convertirse en dos figuras grises, gastadas, como granito devorado por la erosión. Pero un día sonó el teléfono y la voz de Panizza, al otro lado, reveló lo inútil de mi intento. Me volvió estúpida, presa de un incontenible entusiasmo. Carmela no le había hablado de mi ausencia en la plaza o él no lo mencionó. Quería presentarnos a un amigo suyo y nos invitaba, a Carmela y a mí, a encontrarnos en la casa del tal Lencina después del almuerzo el próximo domingo. Acepté enseguida. Panizza me advirtió que Lencina era ciego, y por eso imaginé una casa oscura y con pocos muebles, que facilitara el movimiento. Nada más alejado de la realidad. La casa quedaba en Boedo, una planta baja de patio abierto y piso de baldosas, con una escalera de hierro. La luz entraba en el patio con tal virulencia que solo un ciego podría vivir ahí sin sentir el latigazo brillante y doloroso en los ojos; solo un ciego, pensé, podía deprimirse tranquilo en un lugar tan impúdicamente luminoso.

*

Tengo tiempo de escribir en este cuaderno hasta eso de las seis. Espero llegar al final; a veces me doy cuenta de que me apuro y que se me olvidan detalles o no logro mantener el orden que me propuse. El cansancio tampoco ayuda. A las seis vamos a reunirnos abajo a preparar la sala y dejar la casa limpia, es decir, sin rastros de las esculturas.

Acordamos que solo podemos quedarnos con un objeto de nuestros muertos. El resto habrá que destruirlo. Faltan pocas horas y todavía no sé qué recuerdo de mi padre quiero llevarme. ¿La camisa? ¿El teléfono? ¿El estetoscopio?

Una vez mi abuela me contó que mi padre había rechazado una beca importante para estudiar en Italia, y que después, durante los años difíciles, sin trabajo, sin casa, sin iniciativa, se había arrepentido. Hubo una época en que él también creyó que haría grandes cosas. Cuando le pregunté por qué mi padre había rechazado el ofrecimiento, mi abuela contestó: «Porque no podía». Yo, para demostrar que sí podía, acepté cualquier trabajo que me ofrecieran, incluso los que no sabía hacer; cambié de ciudad tanto como me fue posible, de Junín me mudé a Rosario, estuve en Santa Fe, Rafaela y Córdoba antes de llegar a capital, y en ninguna de ellas encontré nada. Supongo que mi padre tampoco habría encontrado nada en esos lugares ajenos e indiferentes, y que simplemente tomó el atajo más rápido al mismo fin que le estaba destinado: solo con su corazón —con su infarto—.

Yo trabajaba hasta quedar exhausta, guardaba la plata y se la giraba a papá. Él seguía atendiendo a algunas pacientes viejas, de toda la vida, que mayormente le pagaban con un pollo o un lechón. De las clínicas lo echaban, después de incontables llegadas tarde y semanas en las que ni siquiera aparecía. O él mismo renunciaba antes. Se peleaba con el jefe de planta o decidía que ahí todos eran unos usurpadores de almas, unos explotadores, unos milicos.

Después se lamentaba por no haber estudiado otra cosa, algo que no implicara tratar con gente, ¿por qué no se había hecho veterinario?, ¿por qué no afinador de piano? ¿Por qué no se había metido una bala en la cabeza? Cuando yo juntaba suficientes ahorros, renunciaba al trabajo de turno y volvía por unos meses a Junín, a su casa, al único lugar donde no me sentía una piedra o una planta, algo inhumano, un hámster desechado a las dos semanas por un niño cualquiera.

Volver a empezar. Levantarse de las cenizas. Arrancar de cero. Nos han hecho creer que hay algo heroico en ese empecinamiento. Cuando lo conocí, el ciego Lencina también estaba empeñado en «salir adelante». Usaba mucho esa frase, me acuerdo, como si el pasado quedara en alguna parte, como si fuera un lugar del que se puede entrar y salir y no una condena tan presente como ese árbol que veo por la ventana. El pasado está encima; se carga con él o no, pero no puede dejarse a un lado. Creo que Panizza nos llevó a conocer al ciego porque sabía de ese empecinamiento y quería que nosotras lo disuadiéramos de un intento tan vano. Me impresionó como alguien frágil y desamparado, y no porque fuera ciego: un minusválido en todo el sentido de la palabra. Al rato me enteré de que el muerto de Lencina, su hermano mellizo (otro infartado), dedicó su vida a cuidarlo. Ni siquiera quiso formar familia; nunca viajó; nunca dejó la casa por más horas de las necesarias para ir y volver del trabajo. Desde la infancia, el otro Lencina —el del corazón débil— le contó la parte visible de las cosas, le leyó libros, lo convirtió en un ciego que veía y que, extrañamente, era más ciego que los otros porque no había aprendido a valerse solo. Entendí que ese Lencina, el Lencina muerto, era el responsable de que la casa estuviera llena de libros y de adornos de colores: alebrijes, vasijas, tapices andinos. Objetos de lugares exóticos que ninguno de los dos Lencina visitaría nunca. Miré alrededor. Una rana con dos lenguas nos miraba desde un estante.

—Pónganse cómodas —dijo Lencina, y señaló vagamente hacia los sillones de cuero.

Había olor a café. Panizza llegó con una bandeja sobre la que tintineaban las cucharas. Dije que la casa era muy linda, luminosa, y de inmediato me arrepentí. ¿De qué banalidades se hablaba con un ciego? Me eché hacia atrás en el sillón y acaricié el cuero suave y gastado, mirando hacia el pequeño patio de cactus.

—¿Vieron qué lindas plantas? —dijo Panizza.

Lencina levantó una mano pálida y la dejó suspendida a medio camino:

—Esa que tiene la flor roja se llama *euphorbia pulcherrima*. Es la flor de Navidad en el norte. En Chile le dicen corona del inca y en Venezuela, flor de papagayo.

—Flor de papagayo —repitió Carmela, y nos reímos los cuatro.

A diferencia de mi padre, el mellizo de Lencina tenía un bypass, dos preinfartos y un frasco de pastillas para la presión. Igual siguió fumando. Mi padre también, claro está, pero él nunca fingió, nunca aceptó que otra vida —la de mi hermano, la mía— fuera más importante que su derecho a matarse como le diera la gana. Lencina le mentía a Lencina. Juraba haber dejado el cigarrillo, aunque el ciego podía olerlo y su hermano lo sabía mejor que nadie. «Yo lo olía», dijo el ciego. «Lo olía como si lo viera». En la ropa, en el aliento, en el aire que bajaba de la azotea mezclado con incienso y desodorante de ambiente.

Imagino al ciego rodeado de ese humo nocivo, imposible de disimular, y pienso en la planta de mi padre. Las bolsas de basura acumuladas en el balcón, los chorretes de aceite viejo en la pared de la cocina, el inodoro negro de mugre y materia, la ducha clausurada hacía rato con montañas de cajas y libros, y sin embargo la planta ahí, tan grande, tan frondosa, tan sana. Si yo lograra entender por qué, cómo es posible que esa planta se irguiera verde, limpia, brillosa, en el ambiente oscuro, saturado de nicotina… ¿Cuántas veces en lo del ciego describí al detalle la casa de mi padre? Cuántas veces tocaron ellos la costra de polvo y grasa sobre la mesa del living. Cuántas veces sintieron mi asco al levantar el jabón, al bucear con las manos en el agua estancada de la pileta en busca de una esponja destrozada.

El cambio empezó cuando me atreví a llevar el teléfono de mi padre a una de nuestras reuniones. Hasta ese momento solo habíamos hablado de los olores, pero al llevar el teléfono estaba convirtiendo el olor en algo más que una idea, una presencia que podía constatarse a través de los otros. Claro que sentí cierta incomodidad cuando le pedí a Lencina que oliera las teclas y me contara lo que «veía». Pero llegó un punto en que lo único importante para mí era que el ciego reconstruyese en su mente, virgen de imágenes, la idea de mi padre. De a poco los otros fueron trayendo algunas cosas: fotos, ropa, una cadenita con dije, un frasco de perfume, unas zapatillas de ballet. Una tarde le escribí un mensaje urgente a mi hermano pidiéndole más cosas de mi padre. Él no hizo preguntas; mi vida y lo que yo pudiera hacer con ella, ahora que papá había muerto, no parecían interesarle. Yo era un caso perdido. A la semana recibí por encomienda una caja mediana con ropa, cassettes, un cuchillo con mango de nácar, el reloj pulsera marca Casio, un cenicero de bronce y el rosario de la abuela.

Las esculturas fueron idea de Carmela. Andaba tan decaída, tan débil, que siempre le festejábamos cualquier cosa que propusiera. En las últimas semanas apenas comía; dos cucharadas de puré y quedaba llena. Se quejaba de dolores en las articulaciones, un brote de artritis, el nervio ciático. Cuando hablaba lo hacía con palabras sueltas o como un eco de otra voz. Alguien decía «Hoy anuncian lluvia» y unos segundos después, la distancia del trueno, llegaba Carmela: «Lluvia». Le dijimos que sí a las esculturas, y al otro día apareció con los materiales en un carrito de feria. Una alucinación verla trabajar en la claridad incandescente del patio. Agachada, sin quejarse del dolor de espalda, en silencio, pero no en el silencio al que nos tenía acostumbrados. Carmela había cobrado vida entre los cactus, las tiras de papel, el balde con la papilla blanca del papel molido. Tenía algo infantil, también. Quizás por los globos que infló con el aire de sus propios pulmones, de pronto fuertes, resucitados. Panizza y yo la mirábamos hundiéndonos en cada gesto, el modo en que la mano cubría el globo con la pasta gomosa hasta dejarlo blanco, una fruta de otro mundo, y la precaución con la que acomodaba la fila de tarritos de pintura, los pinceles, el papel de lija. Lencina participaba del trance desde el sillón de cuero. No preguntaba, como otras veces, qué estaba pasando, porque una parte de él lo sabía. Levantaba la cabeza para distinguir los olores del pegamento, la pintura, el papel de diario mojado, y quién sabe si hasta no habrá olido a la nueva Carmela, la transpiración detrás de las rodillas, el olor crujiente de los vivos en oposición al olor mustio y blando de los muertos.

Dije que la idea de las esculturas fue de ella, pero incluso ahí, bajo la magnífica hipnosis de sus movimientos, no sabíamos qué esperar. Toda una semana pasó Carmela en el patio, transfigurada, construyendo lo que yo llamaba «esculturas» y ella apenas «creaciones». Cuando llegué a casa de Lencina al lunes siguiente, recibí como un shock las presencias instaladas en el living. Panizza tuvo que agarrarme para que no me tirara encima de esos monstruos de papel y los hiciera jirones. Carmela le había puesto la camisa de mi padre, la roja, la de verano, y no sé qué había imaginado yo, no sé qué esperaba, pero no era eso. Traté de zafarme de las manos de Panizza, luché contra él gritando que me soltara, que le sacaran eso de encima. Carmela corrió a sacársela. Desabotonó la camisa en menos de diez segundos, y al descubierto quedó un pecho blanco y hundido de piel grumosa.

Mientras Panizza me acostaba en el sofá con un Lexotanil bajo la lengua, miré la camisa abierta de mi padre colgando del respaldo de una silla. Panizza me sostenía de un brazo, aunque yo no intentaba ningún movimiento; olía a sudor y a medicamentos, un olor ácido para nada desagradable. Su mano, aunque apoyada en mí, no me tocaba. Algo separaba a Panizza de cualquier contacto físico, una mano como un guante de goma. Al ciego le temblaba el pulso cuando volvió de la cocina, pálido, y apoyó la bandeja con las copas de anís sobre la mesita. «A todos nos va a venir bien», dijo, y yo tragué la saliva amarga del Lexotanil disuelto en la boca.

No es que las esculturas fueran del todo realistas, no sabría explicarlo, pero sí eran de tamaño real, con detalles específicos que Carmela había sacado de las fotos o de nuestras charlas. El hermano de Lencina tenía la ventaja de ser muy parecido a Lencina, por supuesto. Pero el ciego también tenía la ventaja de no poder verlo. Emilia, la mujer de Panizza, llevaba el pelo rojo como un arco de fuego alrededor de la cabeza y bucles pintados sobre los hombros y la espalda. Demasiado exuberante, pensé. Caderas muy anchas para la Emilia que yo había imaginado, incluso joven, cuando se conocieron con Panizza a los quince años. Lo más incomprensible era la escultura de la propia Carmela, de su hija Maite: una pelota informe, no esférica sino más bien alargada, como un pan lleno de desniveles o de abolladuras, marcas de dedos hundidos en la carne, hoyos, cicatrices. Estaba acostada en una especie de toldo o cunita, tapada con un rebozo que seguramente sería el original.

La pastilla me durmió, y cuando desperté, Carmela estaba sentada en el lugar de Panizza. Me pidió disculpas. Se veía como un gato mojado y escuálido, tan poquita cosa. «Nada de perdones», le dije. Ya no sentía la furia del comienzo, sino cierta vergüenza. No eran más que muñecos.

—Hoy hice algo horrible —dije—. Le di un Lexotanil a la vieja y casi se me muere. No respiraba. Estaba pálida como un papel de calco.

Panizza movió la cabeza. Los Lexotanil los traía él; podía robar medicamentos de la farmacia del hospital mientras no fuera en grandes cantidades. El que hacía el inventario falsificaba los números y el supervisor hacía la vista gorda porque él también robaba. Se sabía que el supervisor vendía los psicotrópicos a dos o tres tipos del personal de limpieza y con seguridad ellos los vendían a alguien más. Lo que me fascinó de Panizza la noche del bar, su entereza, su distante frialdad, no era sino un milagro de la química. Tomaba Ritalina cada cuatro horas, Alplax para anular la tensión de la Ritalina, antidepresivos y analgésicos a voluntad, y se daba una inyección de pentotal antes de dormir. Debía calcular bien los segundos para llegar a la cama; más de una vez había despertado en el suelo.

—Vas a matar a esa mujer —dijo Panizza.

—Pensé que no le iba hacer mal. Pero después de unas horas seguía ahí, con la cabeza floja, y creí que se moría. Miré las esculturas.

—Voy a destruirla —dije—, voy a destruir esa cosa.

Carmela se ofreció para hacerlo ella misma. No se ofendía, pero quería guardar la suya.

—No sé por qué hiciste eso —le dije—. Qué ganabas.

Fue anocheciendo y nadie se movió a encender las lámparas. Entre las sombras, las esculturas ya no tenían la palidez desangrada de antes. El mellizo de Lencina, sentado en la butaca de madera, parecía un reflejo del ciego, un reflejo oscuro en un espejo oscuro. El bulto amorfo de Carmela daba la impresión de respirar bajo la manta. Volví a mirar a Lencina y a su hermano con un escalofrío. Pensé que así debían verse antes, sumidos en la penumbra, sentados y en silencio, tal vez escuchando música rumana o tambores del Congo. Desde mi lugar, acostada boca arriba en el sofá, no podía ver a Panizza. ¿Acaso estaría junto a Emilia, con la cabeza recostada en su falda? No. Él esperaría a estar solo para pasarle una mano lenta por el pelo rojo, los pechos pequeños bajo la musculosa estampada. Frente a nosotros iba a burlarse, desestimar todo sentimentalismo. O peor, iba a seguir indiferente, mecánico, los pensamientos bombeando a fuerza de cualquier cosa menos de sangre. Me incorporé y le di el último trago a la copita de anís; la punta de los dedos me cosquilleaba. Ahí estaba mi padre, desnudo, con el pecho descascarado. Me levanté y fui a ponerle la camisa. Le toqué los brazos. Fríos. La camisa olía a jabón de máquina. Una bolsa de agua tibia tal vez ayudara; tal vez solo fuese una cuestión de temperatura. Aboné la camisa hasta arriba. Le quedaba bien, de su tamaño. Siempre se había visto elegante en esa camisa roja.

De chica jugaba a viajar a otros planetas. Entrecerraba los ojos hasta dejar apenas una rendija donde las pestañas formaban una especie de red. A través de esa nube turbia, las cosas más comunes parecían objetos extraños. Un jarrón, una taza, un cuadro: la cabeza alargada de un extraterrestre, una roca, una luna cuadrada. En otra galaxia, las cosas no tenían la misma forma, pero yo las reconocía. La lámpara de pie, un árbol de Júpiter. La silla del rincón, un palacio de Marte. Y quién te dice que no es eso lo verdadero y el invento todo lo demás. Como la mujer de Panizza, que se acurrucaba contra la pared gritando que los hombres de blanco venían a buscarla. Y vinieron. Un día en que ella empezó a tirarle cosas a Panizza por la cabeza, enardecida, a punto de saltar por la ventana. Mientras esperaba la ambulancia, Panizza se arrepintió. La pesadilla de Emilia se cumplía, él mismo la había ejecutado. Llamó de nuevo a la emergencia pero ya era tarde. Los de blanco vinieron, le pusieron un calmante y se la llevaron, «lánguida», como dijo él, el pelo colgando a un costado de la camilla.

Por un tiempo pareció que lo lograríamos. Con la cadenita de oro en el cuello de Emilia, la colonia de bebé untada en el rebozo de Maite y el milagro que ocurría cada tarde al ponerse el sol. No daban ganas de separarse de las esculturas y se hizo evidente que ya no valía la pena estar en ningún otro lugar más que allí, en la casa de Lencina, en su sala. Él mismo lo propuso. Carmela debía dos meses de alquiler y no tenía trabajo. Yo cada vez desatendía más a la vieja. Me saltaba las comidas, disfrazaba la falta de higiene con perfume y un trapito embebido en agua con limón. Después me venía culpa e intentaba compensar el descuido con doble entusiasmo. Pero ni eso me salía bien. Ella misma se quejaba de que la frotaba demasiado fuerte; la bombacha de goma le había lastimado la piel y yo solo pensaba en terminar mi turno y en correr a lo de Lencina.

Carmela ocupó el cuarto chico de la planta baja, con una ventanita que daba al patio y desde donde se veían las esculturas por la puerta entreabierta de la sala. Yo me mudé unas semanas después, cuando consiguieron remplazante para la vieja —una uruguaya con dientes de caballo y aspecto carnicero—, a la pieza de servicio en la planta alta. No me despedí de la vieja. Esperé a que se durmiera para decirle adiós a la uruguaya y sacar mi valija. Panizza siguió durmiendo en su departamento, a tres cuadras del Fernández, pero cuando tenía franco se quedaba con nosotros. Su lugar era el sofá de cuero. Amanecía vestido, la jeringa y la banda de goma sobre la mesa ratona. Si yo me despertaba antes, cosa bastante común porque él recuperaba sueño después de la guardia, tomaba mate en la cocina hasta oír el crujido del nailon, el gesto rápido con que Panizza estrujaba el envoltorio de la aguja descartable. Para ese entonces Carmela ya estaba en el baño y Lencina murmuraba alguna cosa, a veces sueños, a veces quejas, desde su cuarto sin luz. A Lencina había que levantarlo. Íbamos entre dos y lo sacábamos de la cama, le acomodábamos las pantuflas y lo llevábamos a la sala. Ahí él estiraba la mano y palpaba el brazo del muñeco, calculaba la distancia de la butaca con dos o tres palmaditas, y esperaba a Carmela para el desayuno.

No diré que hubo un momento de felicidad en las semanas que siguieron, pero sí de calma, un tiempo suspendido. Pasábamos el día en la casa, sin más aspiración que atravesar las horas como quien atraviesa un banco de niebla. Uno cocinaba, otro lavaba, alguien prendía la estufa. De algún modo era reconfortante saber que nadie nos necesitaba fuera de esta casa. Nadie sabía de nosotros. A Lencina se le dio por recitar de memoria los versos que su hermano le leía durante la infancia. A veces se olvidaba de alguno y yo buscaba el libro en la biblioteca y le dictaba las líneas. Panizza contaba de los pacientes que llegaban por la noche a la emergencia; uno con la cabeza abierta, otro con la pierna como un acordeón. Un tipo iba caminando por la vereda y le cayó una fuente encima. No un piano, sino una fuente de metal. Sobrevivió, pero ahora confundía las palabras. «La calavera que lo concedió», le dijo a Panizza cuando fue a llevarle los remedios. ¿Cuántas probabilidades había de que esa fuente le cayera en la cabeza? A él, con su vida de morondanga pero vida al fin, y no a otro. Un paso más, un paso menos, un semáforo en rojo, ese auto que paró en la cebra y le hizo juego de luces. Carmela no soportaba bien esas historias del azar. Se sobaba los dedos o se frotaba las rodillas. Hacía guardia casi todo el día junto al bulto de Maite y por lo general se dormía sentada. Antes de acostarme, yo daba una última ronda por la casa, ponía la cadena, apagaba las luces y la despertaba. Ella volvía sola a su pieza. Para entonces Panizza ya había salido al hospital, o bien dormía en el sofá, el brazo colgando y sin sueños.

Los dolores de Carmela empeoraron de golpe, y fue ahí cuando Panizza le consiguió hora con un médico amigo. En cuestión de semanas no podía abrir frascos ni mantener las rodillas flexionadas. No sé si las esculturas fallaron porque estaban destinadas a fallar, como cualquier novedad, como cualquier sustituto imposible, o porque coincidieron con el diagnóstico de Carmela. El caso es que una cosa se hundió con la otra. Ni al entrecerrar los ojos recuperaba ya el alivio de los primeros tiempos. Me volví desagradable; empecé a decir cosas que hacían llorar a Carmela o enfurecían al ciego. Un día soñé con la vieja; la metía en una bañadera llena de agua pero su cuerpo era tan liviano que flotaba. Cuando bajé a la sala vi a Panizza ovillado en el sofá, la piel completamente amarilla, fea, rodeado de esa parafernalia de papel y pintura. Lencina ya estaba ahí. Le dije que la valentía era solo una línea y que cruzarla tenía algo de voluntad. «Como tu hermano», dije.

—Tu hermano quería librarse de vos.

Panizza se despertó con nuestros gritos. Lo llamé farsante. Quería a toda costa que se alterara, que rompiera algún límite. ¿Por qué no se conseguía otra mujer? Por qué no se iba con otra y nos ahorraba tanta farsa. Carmela me apoyó. «Las mujeres sobran», dijo. «Si algo sobra en este mundo son mujeres». Panizza se levantó. Lo vi secarse las palmas en los pantalones arrugados y salir de la casa. Ni siquiera se dio el lujo de insultarme.

—Que se vaya nomás —le dije a Carmela—, por mí que se vayan todos.

Total no había salida. El ciego podía encerrarse el día entero en su cuarto o amenazar con echarnos a la calle. Daba lo mismo. Al otro día iba a oírlo como un ratón detrás de mi puerta, iba a tenerlo sentado al borde de la cama, las rodillas flacas y juntas, pidiéndome que me quedara. Y Panizza volvería, como si nada, tal vez en medio de una amnesia farmacológica. ¿Por qué volvía? Ni siquiera me interesaba saberlo. Parte del mismo ritual que nos mantenía respirando, haciendo nuestras necesidades. Y así fue. Pasamos el resto de la tarde cada uno en su cuarto, nos acostamos sin hablar, y a la mañana siguiente, cuando entré a la pieza del ciego y retiré las mantas, él me agarró la mano. «Puede que tengas razón…», me dijo, pero lo que intentaba decir era otra cosa: demasiado tarde para empezar de nuevo.

*

Tuve que interrumpirme porque golpearon la puerta. Al principio pensé que era el ciego, que lo encontraría como otras veces parado en el pasillo sin luz, inconsciente de su imagen, la barba de varios días, los párpados caídos, como si contar esta historia nos rebobinara a la misma pesadilla. Ahí está lo que quise explicarle a Lencina aquella vez: que su hermano habría cambiado con gusto su condena por la del ciego. Pero no era Lencina el que tocó la puerta, sino Carmela. No sé cómo logró subir los siete escalones que separan mi habitación de la suya. La enfermedad le debilitó las piernas y ahora tiene las pantorrillas como dos mondadientes. Vino a pedirme que me apure; me necesitan abajo para encender el fuego y Panizza no ha llegado.

—¿Y si no viene?

—Va a venir —dijo Carmela.

El pelo le ha crecido desde que dejó el tratamiento. Como una pelusa gris que le cubre el cráneo, más parecida a una telaraña, algo con volumen pero sin densidad. Todavía no me acostumbro a este nuevo convencimiento en su voz.

—Termino esto y voy —le dije. Ella se apoyó en el respaldo de mi silla para mantenerse en pie. Casi naturalmente, como cualquiera se recostaría en un respaldo.

—Tranquila —dijo, y me agarró la mano con su mano de huesos. Yo tenía el bolígrafo entre los dedos pero a ella no le importó. Me agarró como pudo, me envolvió con sus huesos secos. No fueron esas manos las que hicieron las esculturas que en un rato vamos a destruir. Y me acuerdo bien cuando se las sostuve en el hospital, el día de la segunda quimio. Tenía la piel agrietada. Les puse crema y las froté mientras el suero pasaba despacio, gota a gota, pero aún había carne, aún podían llamarse manos.

Tuvimos que convencerla entre los tres para que hiciera el tratamiento. Carmela no estaba desahuciada cuando se enteró del diagnóstico, pero no se sentía con derecho a recibir nada. Yo anduve furiosa durante días, culpándola de todo, de su derrota y de la nuestra, la de las esculturas. Cuatro horas estuvimos en la sala del Fernández para la segunda dosis. Había dos camas más: una mujer con su propia bolsita de suero y un viejo diabético al que acababan de amputarle dos dedos del pie. Estaba ahí, en la sala ambulatoria, porque no le encontraban cama. Hablamos en voz baja con Carmela. La habitación se parecía mucho a la 504, donde había muerto su hija. Todas se parecen, en realidad, y ahí estuvo el error. Nosotros la llevábamos al Fernández para curarse; ella llegaba para morirse. La pared de esta sala también tenía una mancha de humedad, aunque no con forma de corazón.

«Mirá, mamá, tiene forma de corazón». Para Maite se trataba de una señal, iba a casarse con Martín. «Tenés que avisarle que estoy acá, que no se asuste». Sí, sí, por la mañana lo llamaría desde el teléfono público. «No le cuentes lo del corazón», fue lo último que dijo. Después le vino sueño. Carmela le preguntó si tenía frío; estaba transpirando por la fiebre. Miró hacia la televisión en el soporte de metal y vio que no estaba enchufada. Maite ya se había dormido. La tapó por las dudas y volvió a tocarle la frente. Dormitó incómoda en el sillón del acompañante hasta que en un momento de la noche empezó el ruido, las convulsiones. La manta resbaló a un lado; las piernas de Maite se agitaban con temblores cortos y eléctricos. El ruido no era del cuerpo sino de la cama: chirridos, vibración del respaldo metálico. Carmela ni siquiera recordó el timbre de emergencia que colgaba de la punta de un cable. Lo que hizo fue salir corriendo. Corrió por los pasillos desiertos que tenían esa luz («esa luz», dijo, que no lo era del todo, a medio camino entre luz y sombra) hasta que apareció el enfermero. Cuando Carmela y Panizza llegaron a la habitación, la mujer de la cama vecina ni siquiera se había despertado. Maite ya no respiraba.

*

Hace tres días que me obligo a mantenerme despierta. Anoche me temblaba el cuerpo, los ojos querían cerrarse. Ahí se me ocurrió lo del cuaderno, como un simple ejercicio para seguir adelante, aunque después se convirtió en otra cosa. Incluso antes de que abriera, ya estaba en la puerta de la papelería San Martín. La mujer me mostró tres bolígrafos distintos y me dejó probarlos en un trocito de papel. Compré el de tinta líquida con punta de aguja. Negarse a dormir es una forma de muerte. Ahora solo cabe perfeccionar ese capricho, llevarlo hasta el final. Creo que todos lo entendimos al mismo tiempo —y hasta diría que en el mismo segundo—, porque se hizo el silencio más hondo que haya conocido jamás. Estábamos los cuatro en la sala; Lencina en el sillón de cuero, Carmela reclinada sobre almohadones en el colchón que le llevamos a la sala, Panizza en el suelo, jugando con un pedazo de papel maché, y yo más lejos, junto a la escultura de mi padre. Porque las esculturas seguían ahí, desatendidas pero presentes, como deformidades que uno deberá cargar mientras le quede algo de cuerpo. El brazo derecho de Emilia se había quebrado y por el agujero podía verse la carcasa hueca de papel de diario. En el bulto de Carmela se abrían fisuras de pintura seca; el polvo de la piel artificial ensuciaba los muebles.

El primero en hablar fue Lencina. Dijo algo que no se entendió porque aquel silencio nos había dejado sordos.

—Ahora no podemos dar marcha atrás —dijo después.

—Sí —lo secundé yo—, pero cómo.

Panizza pensaba. Tenía los dedos blancos de tanto frotar el engrudo que había sido el brazo de Emilia.

—Necesito tres días —dijo.

—¿Por qué no antes? —preguntó el ciego—. No es que vayan a tener tiempo de meterte preso.

Carmela nos miraba desde el colchón. Sin pelo, con un pañuelo alrededor de la cabeza diminuta y grietas secas en los labios. No sé dónde estaba, pero no estaba ahí con nosotros.

—¿Y, Carmela? —dije—. ¿No pensás decir nada? Supongo que estarás contenta. Ya no sos la única.

Fue un golpe bajo, y hasta el ciego giró la cabeza hacia mí, como si nunca en su vida hubiera deseado tanto ver a alguien. Había algo primitivo, la tensión que precede a una batalla, y estoy segura de que no fui la única que sintió el impulso de pegarle a alguien, porque Panizza se arremangó el pulóver y el ciego apretó el brazo del sillón.

—No puedo —dijo Carmela—. Eso sería como rendirme.

Lo que ella quería era dejar el tratamiento. Quería sufrir cada uno de los días que le tocara sufrir hasta el final, sola, sin ninguno de nosotros para cuidarla mientras agonizara en una sala amarilla del Fernández o en esta misma casa. Casi le grito en ese momento. Quería zarandearla, decirle: «¿Y quién va a ir a tu velorio?», pero no pude. Eso en la voz, eso en las manos que ahora tiene y que hace tres días era distinto, ya había cambiado.

El resto quedó dicho más o menos rápido. Lo importante era no dejar huellas de las esculturas ni nada que pudiera inculpar a Carmela. Yo nunca le hablé a nadie de ella; tampoco Panizza ni el ciego. Somos caminos sueltos que no conducen al otro. Lencina sacó la plata del banco, el seguro de vida del hermano, y se la dio a Carmela. Ella se alquiló un departamento amueblado en San Nicolás, un estudio para turistas ejecutivos. Dejó pagados seis meses de alquiler, y nadie cree que necesite más. Panizza ya la ayudó a mudar sus cosas y le dio una bolsa de medicamentos «por las dudas», por si cambia de opinión. No los tomará, como tampoco tendrá el interés o la fuerza para desenvolver la cinta en torno a este cuaderno que ya se termina. Todo seguirá en el cajón de la mesita, bien apilado, cuando alguien llegue y los encuentre. Entonces se podrá tender al fin el hilo que nos une y ella dejará de ser un cuerpo sin origen.

«Es como un sueño profundo», explicó Panizza, «pero sin imágenes». Hay que empezar en diez, aunque la cuenta regresiva nunca llegará a cero. El corazón se detiene en algún punto impreciso de la noche, según cada cuerpo, cada organismo.

Ahora sé que ningún objeto de mi padre va a salvarse del fuego. En el patio pusimos un medio tanque que trajimos de la calle, algunos adoquines, trapos, papel de diario y un bidón de querosén. En estos tres días que llevo despierta he imaginado la fogata, el reflejo dorado en las caras sin descanso y el olor de las esculturas derritiéndose en el metal alquitranado. Pintura, engrudo, plástico, ropa incinerada: un olor químico, desconocido, imponiéndose sobre lo poco que queda del nuestro.

Anatomía de un cuento

Encuentro a Anna de espaldas en la cocina, descalza, el pelo mojado, las piernas imposibles de broncear bajo el borde deshilachado de su camiseta blanca. No se mueve al oír la puerta. De espaldas me escucha pasar la llave y apoyar las bolsas sobre la mesa. Se inclina hacia la ventana, mueve un poco la cortina y a medio camino vuelve a soltarla.

—No hay ni una nube en el cielo —digo.

Cuando se da vuelta veo que sostiene una naranja, no con toda la mano sino solo con la punta de los dedos, como quien hace girar muy lento un pequeño mundo.

—¿Ves por qué no puedo vivir en este país? —dice.

Me saco el abrigo y lo cuelgo en el perchero. Estoy transpirada bajo la ropa de invierno. Abro las bolsas y voy apilando las latas de arvejas y de atún sobre la mesa. Missy se acerca y me mira desde abajo con la cola levantada, los ojos inteligentes fingiendo amor.

—No tengo nada para vos —le digo, y vuelvo a mirar a Anna, que sigue extendiendo la naranja hacia mí, como si esa fruta seca y sin brillo fuese la evidencia de algo inapelable.

Me encojo de hombros. Anna hace un ademán, un gesto mínimo con la mano ocupada, y por un segundo pienso que va a tirarme la naranja por la cabeza. Pero no, se está acercando.

—Mirá —dice—. Todo verde, todo podrido. Allá la fruta no se pudre así, ¿no te das cuenta?

Ahora sí puedo ver el moho verde que se come la mitad de la naranja; la mancha blanca en los bordes con pelitos grises, como las ventosas diminutas de una enredadera. Me inclino y le doy un beso que no llega a tocarle los labios. Ella camina despacio hasta el tacho de basura, levanta la tapa y tira la naranja que suena como un peso muerto en el fondo de la bolsa vacía.

—Recién saqué la basura —digo.

Anna acomoda la tapa sobre el tacho y vuelve. Pienso que las mañanas le caen bien. Será la cortina, el sol frío que atraviesa la tela y nos engaña con su luz de oro.

—Ya sé lo que estás pensando —dice—. Que la mitad de esa naranja era buena y que no tengo derecho a despreciarla porque hay muchos desnutridos en África.

—Es una manera de pensar.

—Es una manera estúpida de pensar.

La luz roja de la cafetera anuncia que el café se está recalentando en la placa de metal. Es la tercera taza que se toma: «No logro activarme», dice. Entro al baño. El vapor no se disipó del todo y lo aspiro como si fuera el olor de Anna, algo que se ha desprendido de ella y que se agarra al aire en un último acto de resistencia.

—Tino tenía una reunión con Marcos —la oigo decir tras el ruido del agua que ahora corre sobre mis manos—.

No creo que lo veamos hasta las cinco. El sábado pasado prometió que esta vez se quedaba con nosotras.

Cierro el grifo.

—Le está sacando el cuerpo a la fruta podrida —digo.

A nuestra relación, que se va derrumbando por partes como una casa mal construida. El departamento que alquilamos, en Villa Crespo, es un garaje reciclado: cada habitación lleva a la siguiente y no se puede llegar a una sin pasar por las otras. La cocina es la última, o la primera, si se la mira desde la puerta de entrada, y hay algo de la casa que se parece a nosotros. Quiero decir que nuestra vida en común todavía se sostiene en el dormitorio, se enrarece en el living, se agrieta en el comedor, donde ya nunca nos sentamos a cenar los tres, y termina de deshacerse en la cocina, con la fruta marchita, la montaña de platos sin lavar, la comida a base de latas y la heladera prácticamente vacía excepto por un pack de cerveza. Cada noche luchamos por mantener en pie ese último bastión que es nuestro dormitorio con el ritual del amor, y el ritual incluye, como una fea posdata, elegir la posición que cada uno ocupará en la cama king size. Todo un arte de la diplomacia y la negociación decidir dónde dormiremos, una decisión que depende de infinitas variables en las que «las ganas» ocupan el último lugar. Si Anna y yo reímos mucho ese día, si nos acurrucamos en el sillón leyendo nuestros libros favoritos, levantando la cabeza cada tanto para leernos los fragmentos más interesantes, entonces conviene dejar a Tino en el medio (incluso si Tino odia el medio, porque se siente «atrapado»). Si ellos tuvieron algún roce durante la cena, Anna pasa al medio; a veces yo les doy la espalda y finjo dormirme rápido para dejarlos que arreglen sus cosas en la oscuridad del cuarto sin ventanas. Pocas veces el medio me toca a mí, por lo general un viernes o un sábado, después de una noche divertida, que para nosotros significa una noche de excesos, demasiado alcohol, besos de lengua en los bares para provocar a los curiosos, tal vez pelearnos con alguien hasta que el guardia de seguridad nos eche a la calle y nosotros podamos sentirnos dueños de una libertad única, caminar tambaleándonos por las avenidas desiertas, abrazados, gritando que nadie va a imponernos sus estúpidas convenciones. Así llegamos, eufóricos, a hacer el amor torpemente en el sillón, hasta que en algún momento, rendidos por tanta torpeza y tantos malabares de tres cuerpos que solo sirven para interponerse entre los otros dos, yo termino durmiendo en el medio.

Anna llena la taza de café y salimos de la cocina para pasar al comedor y del comedor al living, donde ella dejó un libro abierto sobre el brazo del sofá. Un plato con migas descansa sobre la mesa ratona y al verlo siento algo ominoso, como si todo el buen humor de la mañana se fuera, digerido o picoteado, en esos restos de pan. Ella se sienta, acomoda el libro sobre el muslo y me agarra las manos. «Tenemos que poner agua caliente en esa pileta», dice, y va envolviendo mis manos como vendas alrededor de la taza. Los labios se le llenaron de sangre, del calor y el olor del café nuevo, y resaltan en la piel traslúcida que a veces adquiere el tinte gris de sus venas.

*

Este es el comienzo de un cuento que nunca voy a terminar. Lo sé porque nunca termino lo que empiezo y porque tengo suficientes años como para que ese dato se haya convertido en estadística. Las primeras páginas estaban guardadas en un archivo de computadora con el nombre *Tres*, aunque no tengo recuerdo de haberlas pasado de la libreta vieja. Fecha de la última modificación: veintiséis de febrero de dos mil once, poco después de mudarme de la casa de mi madre a este departamento. Busqué la libreta en la caja donde guardo los cuadernos terminados y, efectivamente, encontré ese comienzo casi idéntico, junto con los apuntes que transcribo abajo.

Lo que sé de ella:
Padre diabético, madre que nunca quiso tener hijos pero que terminó siendo eso: nada más que madre. Se divorciaron cuando ella insistió con mudarse a una comuna hippie en Vermont. Vivieron ahí seis meses. Anna recuerda poco, excepto las furiosas discusiones nocturnas. Su padre odiaba ese lugar. Un día Anna se despertó y el auto ya estaba cargado. El padre la esperaba con el motor encendido y un jugo de caja como único desayuno. Más tarde pararon en

la ruta y le compró un sándwich y un helado. Los bosques de Vermont quedaban lejos ya, aunque podían verse desde la estación de servicio *todo alrededor*. Así lo dijo Anna (y enseguida sentí la cercanía de los bosques, la vegetación que se cerraba engullendo a la madre). Ahora el padre está internado en una clínica de Nueva Jersey. Tuvo una apoplejía debido a un pico de tensión y Anna viaja cada seis meses a verlo, a controlar que todo siga en orden. Habla de él como un «vegetal», y aunque intento imaginarlo como una planta en el jardín o al menos en una maceta, solo logro verlo como una lechuga. A veces la veo a ella cortándolo en mil pedazos blancos y duros. Sus frases favoritas: «¡Te querés morir!» y citas de Deleuze. Algo muy lindo es que le gustan las cosas mexicanas. Pone Chavela Vargas, cuelga chiles en la cocina, tiene un dibujo chiquito de Frida Kahlo que lleva adentro de un camafeo.

Lo que sé de él:
Psiquiatra. Trabaja en un hospital, en el ala de enfermos terminales. Su trabajo consiste en ayudarlos a que se reconcilien con su vida antes de la muerte, al menos eso es lo que entendí la única vez que intentó explicarlo. Parece inútil, parece encomiable. Él abusa del alcohol, y aunque al principio me pregunté cómo un psiquiatra podía tomar así, después concluí que un psiquiatra solo podía tomar así. Alguna vez consumió muchas drogas, y ahora sospechamos que ha vuelto a empezar. Probablemente lo haga cuando

sale con sus amigos. Anna y yo no queremos preguntarle, no somos del tipo carcelario. Él se levanta a las seis y media, pasa el día con moribundos, entierra a algún ex-paciente y vuelve a casa a las cinco, con la misma cara con que trae el cheque a principios de mes. Toma pastillas que él mismo se receta: anfetaminas, ansiolíticos, Prozac. Las mezcla aunque sabe que no debería mezclarlas. Él mismo lo dice: «Después de los treinta, cualquier cóctel de químicos es una salvajada». Habla mucho; es bueno para los chistes porque siempre está intentando ser otro. Tiene talento para imitar acentos extranjeros: mexicano, chileno, español, incluso imita el acento de Anna. Adora la estridencia. Algunos domingos nos despertamos y él ya tiene el desayuno hecho, con huevos y mimosas. Va por la tercera cerveza, escucha música de radio en la cocina mientras prepara los platos. Después viene al living, donde nosotras intentamos despabilarnos, derrumbadas en el sofá, y dice: «¿Qué quieren, mis chicas?». No deja que nos levantemos; trae las tostadas, el kétchup, la mozzarella, los huevos revueltos y las mimosas con jugo natural. Deja la cocina toda sucia. Cuando nos quedamos solos, sin Anna, la conversación languidece. Nos resulta difícil, a él y a mí, congeniar su entusiasmo químico con mi gravedad elemental. Sin Anna de puente, nuestros mundos no se comunican.

Cómo los conocí:

Los conocí en una fiesta de fin de año, amigos de amigos. Había varios gringos, además de Anna, de esos con conciencia ecológica y amor por el tango. Si aún no estaba borracha, las tres rondas de tequila que Tino invitó hicieron el resto. Lo del tequila era por Anna y su afición a lo mexicano: celebraban seis meses juntos. Tino contó de la vez en que fue al médico porque le dolía el estómago y descubrió que tenía una mano quebrada. También tenía una úlcera, por las drogas y el alcohol. La mano ni la había sentido. Anna contó de cuando vivió en Nueva Zelanda, abrazó un koala y trabajó en los campos de manzanos. Había que arrancar manzanas de los árboles, ponerlas en un saco que cargaba en la espalda y llevarlas al tonel de lavado. Le pagaban por peso. Las podridas se descontaban del precio al final del día. Ella —dijo— era una experta recolectora. Nunca agarraba una manzana podrida, nunca le descartaron una fruta agusanada. Dijo: «Es como una meditación, algo zen». A mitad de la noche Anna me besó, casi como una broma privada para Tino, que miraba desde la barra. Nada más que eso, pero pasamos los tres días siguientes juntos, en el departamento de él. Yo sin muda de ropa, sin plata, sin nada. Miramos películas, hicimos cócteles con whisky, subimos al techo a mirar el atardecer, recostados en un pareo de playa. Cada vez que intentaba irme, Tino me convencía de algún modo. Al final me arrinconó contra la puerta y dijo: «Anna me pidió que no te dejara ir».

Tiempo que vivimos juntos: ocho meses.

Unas páginas más adelante, en la misma libreta, tachado con dos líneas diagonales y la palabra *malo* escrita en el margen, hay un fragmento de diálogo. No parece de la misma época que lo anterior, porque la letra es mucho más desprolija, a veces indescifrable, y en tinta negra en lugar de azul. Supongo que la primera línea de diálogo es de Anna. No creo que Tino estuviera en la escena y recién ahora noto cómo cada línea se torcía hacia ella. Incluso cuando intentaba hablar de Tino, algo lo empujaba fuera del relato (fuera de mí). Si Anna estuviera, si fuese parte de mi vida ahora, ella sería la primera en darse cuenta. Y sería la primera, también, en criticar ese diálogo malo. «Yo no hablo así», diría con razón. Yo le contestaría algo trillado: «Todavía estás a tiempo» o «La verdadera Anna está en ese cuento». Me empecinaría en defender el diálogo y en terminar el cuento trunco a cualquier precio, con tal de no confesarle que otra vez me he rendido.

(Aquí iría el diálogo malo. Decidí no incluirlo).

Sigue una hoja arrancada.

Sigue una hoja con anotaciones sueltas:

Ella solo usa zapatos bajos. El Hamlet de las naranjas podridas. ¿Dónde está el conflicto? En el fondo les gustaría deshacerse de Tino.

Subrayado con una línea gruesa: <u>Nunca lo harán.</u>

*

Pasaron once meses desde que escribí el comienzo de este cuento inacabado y casi dos años desde que la relación con Dana y Valentín (así se llaman en realidad) se terminó. En el ínterin ellos se casaron. Incluso me invitaron a la fiesta, en lo que fue, sin duda, otro penoso momento de mi vida.

Después de nuestra separación, civilizada y triste, Dana me mandó un solo mensaje. Apenas dos palabras: «Frida murió». O sea Missy, la que alguna vez había sido nuestra gata. No supe qué esperaba ella de mí y demoré un rato antes de enviarle una respuesta que después juzgué estúpida: «¿Cómo?». Dana nunca contestó ese mensaje, tal vez haya pensado lo mismo que yo: «Qué importa cómo. No hay motivos inevitables o injustos. Todo simplemente muere». No. Lo que pensó fue que mi respuesta era autista y fría, desconsiderada (una vez me había dicho, durante una discusión, que yo era «una heladera»; después agregó: «una heladera autista»). Lo que vio Dana en la muerte de su gata Frida: un símbolo. Lo que vio Valentín: la necesidad urgente de comprar otro gato.

Él también me contactó una vez. Dejó un mensaje en mi teléfono a las cuatro de la mañana. No sonaba borracho, pero sí exaltado, como si toda su atención estuviera puesta en mantener el control de esa olla a presión que era su mente. Que las cosas se habían arruinado por mi culpa, dijo, porque nunca lo había querido. «Yo fui una fachada para lo que ustedes tramaban a mis espaldas». No lo tomé a mal; tampoco respondí. Había vuelto a la casa de mi madre en San Fernando y pasaba el día encerrada en el viejo cuarto de mi hermano (mi madre, que a los sesenta años triunfaba como diseñadora de tejidos, había convertido el mío en taller de corte y confección). Intentaba escribir algo, una novela, un cuento, cualquier cosa. Algo que tuviera un principio y un final. A veces, cuando imprimía unas páginas que finalmente hacía picadillo en la trituradora de papel, sentía envidia de mi madre. Acababan de hacerle un reportaje para una revista extranjera y en la tapa salía ella, triunfante, posando con un poncho de lana cruda. Me llevó meses entender lo que le irritaba de mí, eso que ella llamaba «mi actitud en la vida»: que cuando decidí dedicarme a la escritura, lo primero que compré, incluso antes de la impresora, fue una trituradora de escritorio con receptáculo transparente, por donde veía aparecer las tiritas de papel como tallarines de huevo. «Es sano», le decía yo, «Hay que aprender a cortar lo que está en mal estado». No nos llevábamos bien, y cuando llegó la invitación de la boda, mi madre la deslizó por debajo de la puerta del cuarto sin decir nada.

Estoy revisando la libreta, página por página. Hay frases sueltas, dibujitos, comienzos de otros cuentos igualmente truncos, pero nada más sobre «Anna» y «Tino». Uno de esos comienzos me intriga en particular: «A todos quiero decirles: no es mi hija. Quiero decirlo a los gritos, por la ventana desde donde se ven tres chimeneas plateadas, dos escaleras de incendio y un cielo gris como el aluminio de esas mismas chimeneas. Las cosas deberían ser de acero inoxidable, no de aluminio tóxico y reverberante. Pero el aluminio brilla bajo el sol, lo veo por la ventana desde la que grito —porque a nadie más podría decírselo—: «No es mi hija». Esto está escrito en letra alargada y furiosa, hacia el final de la libreta, y no tengo idea de qué significa, en qué estaría pensando cuando lo escribí. La diferencia entre mi madre y yo, según mi madre, es que ella tuvo que luchar sola, con dos hijos a cuestas y menos de treinta años. No había tiempo para pensar ni para lamentarse. La verdadera diferencia entre mi madre y yo es que ella nunca dejaría afuera el diálogo malo.

*

Pasé una semana ideando una excusa para no ir al casamiento de Dana y Valentín, pero el pasado que compartíamos era demasiado grande como para que cualquier motivo sonara verosímil. Así que fui: vestido negro impecable (casi escribo *implacable*), pelo planchado, manos hechas, dedos sin rastro de cutícula. No había pensado en la mirada de los demás, los ojos piadosos de nuestros amigos al verme entrar sola —*sola*— al local de fiestas. Enseguida me arrepentí del vestido, parecía mortuorio; un vestido austero que lloraba sin aspavientos una muerte que era solo mía. Me están velando, pensé, y los pocos asistentes eran esos amigos solidarios con ojos de ternero, carita simpática de animales compasivos. No hubo susurros, pero fue como si los hubiera. Los pensamientos latían, bombeaban lástima al aire rancio de transpiración y alcohol de la boda.

Dana y Valentín se alegraron de verme, y estoy segura de que la alegría fue sincera. Yo había sido un accidente, un obstáculo más en esa larga carretera que es el amor y que, si se transita con cuidado, conduce al matrimonio. En realidad ellos se casaban para instalarse —con papeles en regla— en el país de ella, ese lugar aséptico y civilizado donde la fruta no se pudría demasiado rápido. Nos besamos como viejos amigos. Dana me abrazó, y creo que su abrazo duró cinco segundos más de lo que Valentín hubiera deseado.

El resto lo recuerdo en una neblina. Tengo algunas imágenes: el padre de Valentín decididamente borracho, bailando con un sombrero de telgopor parecido al de los murguistas. Su cara roja, una mano fuerte que me agarra de la cintura y me hace dar unas vueltas torpes, involuntarias, en la pista, mientras yo trato de zafarme y de volver a mi mesa. Su voz casi afónica me dice que tendríamos que vernos más, que siempre le parecí la más inteligente de todas las amigas de Valentín y Dana. «Inteligente y linda», dice, y siento o creo sentir sus dedos que se me hunden en la cintura y luego un vértigo insostenible. Alguien más me agarra de la cintura, Gabriel Cencerros, alias el Campana. Me pregunta si estoy bien, aunque se tambalea y no se detiene a escuchar mi respuesta. Quiere que tome una copa de champán. Insiste, me niego; cae una lluvia de papel picado, una serpentina se enreda en el cuello del Campana. Llegan otros amigos; bailamos en ronda. De algún modo me parece que la ronda es para mantenerme atrapada a mí, para «atajarme», pero estamos todos atrapados, cercados por las serpentinas como sogas, como hilos de seda irrompibles, la trampa de una araña.

Por fin logro salir de la pista y volver a mi asiento. Me habían asignado la mejor mesa, la de los amigos íntimos, pero yo estaba sola cuando levantaron a los novios en andas y los tiraron tres veces en el aire. El vestido de Dana se corrió y pude ver las medias blancas y brillantes que seguramente terminarían en una franja de encaje. Medias blancas sobre las piernas blancas que yo había mordido hasta dejar rojas. El resto de mis compañeros de mesa se había unido al grupo que, como un enjambre, como una cama elástica hecha de manos, empujaba a los novios hacia arriba. Estaba sola, lo recuerdo bien, porque recién entonces noté el centro de mesa, un cuenco de vidrio con frutas tan perfectas que tuve que tocarlas para comprobar que no fueran de plástico. El comienzo del cuento se me ocurrió en ese momento, y ojalá pudiera decir que ahora tengo frente a mí una frutera, alguna naranja podrida, corroída por el moho, que me permitiera justificarme, cerrar esta historia al menos dignamente.

Pero no. Solo estoy en mi casa. Veinticuatro metros cuadrados y un único ventanal hacia el pulmón de manzana. Veo la copa de los árboles, todavía verdes, y la ropa colgada en la azotea de la casa esquinera. Miro el cielo gris, las nubes pesadas que se acercan desde el norte, y sé que otra vez lloverá sobre la ropa limpia de los vecinos. No hay fruta en mi casa. La última vez que los vi eran las tres de la mañana y alguien se había llevado el centro de mesa. Sobre la falda tengo la libreta vieja. Dice: «Anna, a contraluz en la ventana, pela una naranja con los dedos».

La muñeca de papel

Le había comprado una muñeca de papel. Quería darle algo, no exactamente un regalo, solo un detalle que demostrara que la conocía, que aún recordaba las cosas que alguna vez le habían gustado. Melanie tenía cuatro años cuando la vio por última vez y ahora acababa de cumplir dieciséis. Era estúpido pensar que conocía a esa muchacha solo por ser su madre.

Teresa miró la taza de café por la mitad. Ya empezaba a afectarle los nervios; las manos le temblaban. No estaba acostumbrada a tomar café y esa segunda taza la había pedido por obligación, para tener algo sobre la mesa. El mozo era del tipo que insistía con todo. Si una pedía un té, preguntaba si no quería una medialuna, una torta, una palmita. Si una comía algo, preguntaba si no quería un postre o tal vez un café. Y si una se ponía firme y pedía *nada más* que un café, era de los que después venía, levantaba la taza, pasaba el trapo sobre la mesa y preguntaba: «¿Otro café?».

—Sí, otro, por favor —había dicho ella. No le gustaba quedarse con las manos arriba de la mesa limpia, sin nada que hacer.

Ahora tenía que tomar el café despacio, hacerlo durar los diez o quince minutos que faltaban hasta que llegara

Heber. Heber y Melanie. Aunque le resultaba menos doloroso decir solamente Heber, como cuando era joven y lo esperaba en la ventana. «Ahí está el fusca», le gritaba su madre, y ella sabía exactamente qué significaba eso; corría por la escalera, saltaba el murito y ahí estaba él, nunca fallaba.

Desde su asiento podía ver una pantalla gigante, un televisor plano donde pasaban videoclips sin sonido con una rubia bailando en un bikini de cuero. ¿No podían haberse encontrado en otro lugar? Heber había elegido esa cafetería a la entrada del shopping, con vista a la playa de estacionamiento, porque quedaba cerca del hotel. Era parte de una nueva cadena de cafeterías, aunque hacía tantos años que ella había dejado Montevideo que todo le parecía nuevo. Dentro de poco no quedaría ni un solo edificio antiguo que no se hubiera convertido en un shopping. Este había sido una cárcel, y, a su manera, lo seguía siendo.

La muñeca de papel la había comprado en una mercería de barrio, donde todavía se encontraban cosas así, fósiles, como ella los llamaba: ropa de bebé de lana, gorros de crochet, juguetes de madera, las sobras de otras épocas. A Melanie le diría que había ido a comprar botones y que vio la muñeca en la vitrina del mostrador. Tenía que parecer casual, un guiño sin ninguna formalidad. Al menos serviría para lanzar la conversación. ¿Te acordás de cuánto te gustaban? ¿Te acordás de tu colección? La mujer de la mercería se había ofrecido a envolverla para regalo. Teresa no quiso; la prefería suelta como estaba en esa bolsa sucia con sus dos planchas de ropa para recortar. En el hotel trató de limpiar la bolsa con la punta de una toalla mojada, pero fue imposible. No era mugre, era el tiempo acumulado, el tiempo endurecido. Y ahora tenía la muñeca en la cartera y la cartera colgaba de la silla y se sentía ridícula de haberla traído.

Un Peugeot rojo entró en el estacionamiento. No necesitaba verlo para saber que era Heber. Alcanzaba con esa sombra detrás del volante y la manera cautelosa, lenta, en que aminoraba para estacionar en el lugar más amplio. Era Heber. Siempre sería así, nunca se dejaría traicionar por los nervios, nunca haría algo que pusiera en riesgo a los demás.

Heber abrió la puerta y salió acomodándose el gamulán. La otra puerta no se abrió. Esta era la segunda vez que Melanie aceptaba verla; la primera se había arrepentido a último momento y Teresa no llegó a salir del hotel. Hacía seis días de eso y fue entonces, en el hotel y con el teléfono aún en la mano, que pensó por primera vez en comprarle un regalo. Nada caro, eso lo supo desde el principio. Ninguna ropa de marca ni nada que le hiciera pensar en lo bien o en lo mal que le había ido en Estados Unidos.

Heber dio la vuelta al auto y se quedó parado junto a la puerta del acompañante. Una mujer llegó empujando un carro de supermercado y abrió el baúl de su pick-up para descargar las bolsas. De pronto todo lo que Teresa veía era gente cruzando el estacionamiento con bolsas de compra o carros de supermercado, niños con globos, mujeres con cochecitos de bebé, pero la puerta del acompañante seguía cerrada. Heber se quedó ahí, con las manos en los bolsillos, hasta que la puerta se abrió y del auto salió una chica más alta de lo que Teresa había imaginado. Tenía el pelo suelto y largo y una campera inflada. Era su Melanie. Claro que había visto fotos. Heber le mandaba una nueva todos los años —tampoco en eso le había fallado—, pero no era lo mismo que verla en movimiento, como si la muñeca de papel hubiera cobrado vida.

Caminaron juntos hacia la entrada de la cafetería. Después dejó de verlos hasta que volvieron a aparecer adentro. Un acto de magia. La misma expectativa, la misma sensación de contener el aliento justo antes de que el mago sacara el conejo de la galera. Porque hasta que no los vio de este lado del ventanal, todavía quedaba una duda. Heber buscó con los ojos entre las mesas hasta dar con ella. Teresa agitó la mano. Para entonces el corazón ya no le latía tan rápido. Ahora sentía una calma rara, la calma de las cosas inevitables.

Heber y Melanie se acercaron a la mesa. Teresa se paró. Tuvo conciencia de que estaba demasiado vestida y sintió el maquillaje como una capa de tierra que la separaba de ellos. Peor, que la separaba de ella misma, de la Teresa que había sido: irreverente, voraz y con un propósito en la vida. Heber había pasado un brazo sobre los hombros de Melanie y la guiaba suavemente hacia delante. Ella arrastraba los pies. Miraba al frente sin ninguna expresión o con una expresión que Teresa no pudo descifrar. Le buscó los ojos. Por un momento tuvo la fantasía de que si la miraba fijo, muy fijo, vería lágrimas en los ojos de su hija. Entonces se abrazarían y todo sería fácil, el abrazo comprimiría el tiempo como un acordeón, aplastaría el abandono y la culpa, y serían felices para siempre. Pero la chica no la miró. Sus ojos apuntaban muy lejos, al fondo del bar o al fondo del mundo.

—Parece que aquí estamos —dijo Heber, y fue el único que habló.

Melanie había bajado la cabeza y se miraba los pies.

—Saludá a Teresa —dijo él, y le acarició la nuca.

—Hola, hija.

—Hola —contestó Melanie y se inclinó para darle un beso que apenas le rozó la mejilla.

—¿Las dejo solas para que hablen tranquilas? —preguntó Heber, pero Melanie hizo que no con la cabeza; pronunció un *no* tan débil que apenas alcanzó a oírse sobre el ruido de voces y platos.

—Quedate, Heber. No hay problema. Siéntense. Tomen algo.

El mozo llegó enseguida.

—Un café —dijo Heber—. ¿Querés algo, Mili?

Él podía llamarla Mili, podía llamarla como quisiera, y la niña (¿por qué le seguía diciendo *niña*?) no lo odiaría.

—No, nada —contestó.

—¿Estás segura? —dijo Teresa—. Hay jugos. Una cantidad de jugos. —Abrió el menú y vio todas esas fotos con vasos de colores, sombrillitas de papel, rodajas de limón. Los ojos del mozo pesaban sobre ella. «¿Pensará que somos una familia?»—. ¿No querés este, de frutilla? Mirá todos los que hay…

Melanie volvió a negar con la cabeza. Para el mozo no sería más que otra adolescente mufada. No sabía nada de ellos.

—Tráiganos un café y un jugo de naranja —dijo Heber por fin.

—¿Y para la señora?

Parecía no haber visto la taza de café a medio terminar.

—Nada. Estoy bien.

El mozo se alejó.

—¿Cómo estás, Teresa? —preguntó Heber—. El viaje fue tranquilo, espero.

—Sí —dijo ella, y olvidó responder a su pregunta. La evitó, más bien. Porque ni en un millón de años podría haber explicado cómo estaba, la incomodidad que sentía. Y Herbert era tan caballero. Se veía bien, elegante. Los años se le notaban en la cara y en el pelo canoso, pero de cuerpo seguía igual, delgado y seco. Por un momento reconoció la punta de un sentimiento mezquino que ella creía olvidado y tuvo que frenar el impulso de tirar de esa punta para no desenrollar el rencor como una madeja interminable. No tenía derecho a sentirse así. Si nunca había logrado existir al lado de Heber, si Heber la aplastaba con su dignidad, era problema suyo. Envidia, pensó. Heber, el médico reconocido. Ella, una joven recién graduada.

Melanie se retorcía los dedos como si intentara tejerlos en punto de trenza.

—Estás alta —dijo Teresa.

El mozo llegó con las bebidas. El jugo traía una pajita envuelta en papel. Melanie agarró el vaso y lo acercó al borde de la mesa. Sacó el papel de la pajita y lo arrugó. Hizo una pelota y se quedó jugueteando con ella igual que antes lo había hecho con sus dedos.

Teresa esperó a que el mozo estuviera lejos para volver a empezar. No había preparado lo que iba a decir, no porque fuera buena con las palabras, nunca lo había sido, y las cartas eran una prueba de eso, sino porque creyó que las palabras saldrían naturalmente con solo tener a Melanie delante.

—Melanie —dijo—, cuando tu padre y yo nos separamos, bueno, cuando me fui, me pareció que ibas a estar mejor con él.

La muchacha cerró los ojos. Heber había desaparecido. El bar desapareció también; la ciudad y el mundo entero desaparecieron, y Teresa tuvo la sensación de que bajo la mesa sus piernas colgaban hacia el espacio negro y sin viento del Universo. «Yo estaba perdida», estuvo a punto de decir, y sintió horror de sí misma. Estaba diciendo todo lo contrario de lo que siempre había dicho en sus discursos imaginarios; se estaba justificando. Peor, se estaba mintiendo.

—En las cartas no mentí. *Era* provisorio. Después no sé qué pasó.

Melanie hizo un ruido con la lengua, un chasquido. Empujó la silla hacia atrás y, sin mirar a su padre, se paró y se fue. Heber no la siguió. Tampoco dio vuelta la cabeza para mirarla mientras caminaba hacia la puerta.

—Dale tiempo —dijo él.

—No era eso lo que quería decir, te juro.

Teresa miró por la ventana, vio a Melanie caminar despacio hasta el auto y recostarse en la puerta. Zapatillas y pantalón vaquero. Los brazos cruzados y el mentón escondido dentro del cuello de la campera. Teresa se tapó la cara con las manos.

—Bueno, Tere —dijo Heber, y por un momento, por la forma en que pronunció su nombre, fue como si nada hubiera cambiado, como si aún tuviera veinticinco años y toda la vida por delante—, entendela.

—Sí —dijo ella—. No estoy llorando.

¿Por qué no había podido quererlo? Razones que ahora no venían al caso. El deseo, por ejemplo. Aún no entendía que el deseo era una mentira, un invento demasiado nuevo. Ya se lo había dicho su madre: «Si fuera por el deseo, ninguno de ustedes habría nacido». Pero estaba eso otro, eso imposible de explicar y que aún hoy le parecía irrenunciable: esquirlas de un deseo mayor que había explotado hasta clavarse en cada pequeña cosa de su vida cotidiana.

—Yo creía en algo —dijo Teresa—, ¿entendés? —Arrugó la boca. No sabía si burlarse de sí misma o si llevar el orgullo hasta el final.

—¿Y ya no?

El mozo pasó junto a su mesa, miró las dos tazas vacías y las levantó. El vaso de jugo estaba sin tocar.

—Este tipo es una mosca pesada —dijo Teresa—. ¿No puede dejarnos en paz?

Heber miraba a la mujer de la mesa de al lado que comía una medialuna frente a una silla vacía. Atado al respaldo de la silla había un globo de helio con la cara de Winnie the Pooh. Sobre la mesa, un alfajor de maicena a medio terminar y un reguero de migas blancas alrededor del plato.

—¿Qué querés? Te fuiste así, con dos valijas, amagaste tres veces con volver, mandaste diez cartas en doce años.

—Once —lo interrumpió ella—. Once cartas.

Pero no había necesidad de defenderse, porque Heber lo decía sin resentimiento, como una simple enumeración de hechos. Y eso era lo peor, que él no le reprochaba nada. Ni siquiera la odiaba.

—Hiciste lo que quisiste. Estabas en tu derecho.

—Hay un punto en que solo se puede seguir, Heber. Pero cómo vas a entenderme, vos.

—No soy yo el que tiene que entender —dijo él—. A veces pienso cómo serían las cosas ahora si te hubiera ido realmente bien. ¿Nunca te preguntaste eso? Digo, si esas ambiciones tuyas se hubieran cumplido.

De pronto Teresa se acordó de algo, de aquella vez en que Heber le compró todas las flores al muchacho que entró al restorán. El ramo entero para ella sola. Ninguna otra mujer en aquel lugar podría tener una rosa, y sin embargo, se sintió más triste que nunca. ¿Por qué? Ella no era del tipo alegre, es verdad, pero Heber se comportaba como si él hubiera comprado toda la alegría que existía en el mundo y fuera el encargado de repartirla.

—Voy a postergar el viaje, ¿sabés? —dijo Teresa.

—¿Indefinidamente?

—Quiero dar unas clases acá, estar cerca.

—Teresa, pasó algo que no sabés. Una mujer, digo.

Heber le sostuvo la mirada, pero una mano estrujó la servilleta en un gesto que un cirujano no podía permitirse. «Todavía me quiere», pensó ella. Un segundo antes, la servilleta había sido un ala tensa e inmaculada en la mano de Heber. Teresa sonrió:

—No me refería a eso.

—Yo tampoco. Quiero decir que Sonia es argentina y que se lleva bien con Mili. Mili me dio el visto bueno y estamos pensando en mudarnos a Buenos Aires.

—¿Vas a dejar la clínica? ¿Ahora que llegaste hasta acá?

—Hasta acá, ¿dónde?

Teresa sacudió la cabeza varias veces.

—¿Te acordás de aquella vez en el restorán cuando le compraste todas las flores al muchacho? ¿Por qué hiciste eso?

—¿Cómo «por qué»?

—Sí. Por qué.

—Yo te habría comprado el sol, lo sabés bien.

—Yo no quería el sol.

—Lo querías —contestó él—. Pero querías conseguírtelo sola.

El mozo pasó junto a la mesa otra vez. «Este hijo de puta», pensó Teresa, y se fijó por primera vez en sus labios finos y pálidos, nerviosos como lombrices.

—Tráigame otro café —le dijo, y volvió a mirar a Heber—. Así que a Buenos Aires...

—Ni te acordaste de Melanie mientras vivías tu vida y ahora querés arreglarlo con un taller para jubiladas.

—Arte textil. ¿Ves? Vos pensás como las mujeres de tus amigos. ¿También vas a pedirme que te borde un almohadón?

—¿Por qué no lo hiciste hace doce años y nos ahorrábamos todo esto? Tu hija está afuera, sola, y vos me hablás de arte.

Hacía frío. No adentro del bar, sino afuera. Era fines de mayo pero ya hacía frío y Teresa pensó que Melanie tendría las manos heladas. El viento se embolsaba en aquel estacionamiento. Miró por la ventana. Todavía estaba a tiempo, podía levantarse y salir, podía hacer algo.

El mozo apoyó el café en la mesa. Teresa levantó la taza y lo tomó de un solo trago. Sabía perfectamente que lo hacía para lastimarse, para reventarse el estómago, y para que Heber pensara: «Antes no tomaba café».

—Mejor andá —dijo Teresa, y apoyó la taza en el platito—. Debe de estar helada.

—Perdoname. No tendría que haberme puesto así.

—Andá —repitió, y sin querer volvió a pensar en el episodio de las flores.

Heber se paró y buscó la billetera en el gamulán.

—Ni se te ocurra —dijo ella, y por suerte él no insistió.

Ahora ni siquiera lograba conectarse con el dolor; ni siquiera podía sentir que eso, la ausencia de su hija, tuviera alguna importancia. Nadie conocía a nadie, todo el mundo estaba solo.

—¿Sabés lo que somos, Heber? —le dijo de golpe, antes de que él se alejara—. ¿Sabés en qué pienso cuando nos veo ahora, en esta cafetería de un shopping center?

—En qué.

—Fósiles.

—Fósiles… —dijo él.

Lo vio salir con el gamulán en la mano y ponérselo mientras caminaba hacia el auto. Después los vio subir y cerrar las puertas casi al mismo tiempo. Recién entonces se acordó de la muñeca de papel. Manoteó la cartera y salió corriendo del bar. Al abrir la puerta, el frío le pegó en la garganta. Corrió por el estacionamiento como pudo y se odió a sí misma por haberse puesto tacos. Heber no la había visto, eso era seguro. Ya había salido en marcha atrás entre los dos autos y avanzaba lentamente hacia la calle. Había un cartel grande: «SALIDA», y una flecha. Si la luz del semáforo cambiaba, aún podría alcanzarlos.

Una música sonaba en los altoparlantes del estacionamiento, un comercial del shopping, y tal vez por eso no oyó los otros pasos, más rápidos pero menos escandalosos que los de ella. Lo que sintió fue una mano que la detuvo, una mano que le apretó la muñeca derecha y la frenó en seco. Giró y vio al mozo, en mangas de camisa y con las mejillas rojas del frío y la corrida.

—Señora, la cuenta —le dijo. Hablaba con urgencia, con evidente fastidio—. ¿A dónde piensa que va?

—Suélteme —dijo ella, y él apretó el puño—. Bestia, bruto —le gritó—. Déjeme en paz.

El mozo forcejeó. Ella forcejeó. Solo pensaba en la muñeca de papel adentro de la cartera, en las dos planchas de muda de ropa y en el auto que se iba.

—Déjeme, ¡animal!

—Acá la gente paga. ¿Dónde piensa que está?

Teresa volvió a tironear; el frío le había adormecido la muñeca y no sentía dolor. Le pegó al hombre con la cartera en la cintura. Lo golpeó dos veces, pero él no hizo gesto de sentirlo. Teresa miró hacia la salida del estacionamiento, vio la luz roja pasar a verde y el auto que giraba en la esquina.

—Se fueron —dijo; un quejido le subió por la garganta helada—. ¿Ve lo que me hizo? Bruto, animal.

—Señora —dijo él, de pronto asustado, y aflojó la presión.

—Una bestia, un animal. Eso es lo que es.

Le costaba respirar, se había quedado ronca y la nariz le goteaba.

—La muñeca, por culpa suya.

—Por favor, señora, perdóneme. No la quise tocar. ¿La lastimé?

Ella dejó caer el brazo. ¿Para qué iba a querer una chica de dieciséis años una muñeca de papel?

—Es que ya me pasó dos veces este mes —dijo él—. Y después me lo descuentan del sueldo. —Levantó la boleta que sostenía en la otra mano y se la mostró—. Son cuatrocientos pesos. Pero cuatrocientos hoy y cuatrocientos mañana…

—Cuatrocientos —alcanzó a decir Teresa, justo antes del mareo.

—Es la gente mejor vestida, a veces, con bolsas del shopping y todo. No se puede confiar en nadie.

De pronto dejó de oírlo. Sintió que las piernas se le aflojaban y tuvo que agarrarlo del brazo para no caerse.

—¿Qué le pasa? ¿Se va a desmayar? Siéntese acá, venga.

La ayudó a recostarse contra un poste de luz y se quedó en cuclillas a su lado. A veces miraba hacia atrás, nervioso, hacia las ventanas de la cafetería, pero no la dejó sola.

—Ya le están volviendo los colores —dijo.

Teresa abrió la cartera y buscó su monedero. No tenía cambio. Sacó un billete de quinientos y se lo extendió.

—Estoy bien —dijo—. Tome, el cambio es suyo.

El mozo agarró el billete y agradeció. Dijo que debía volver, que no quería tener problemas. «Vaya», dijo Teresa, «estoy bien». Él se puso de pie, las rodillas le crujieron. «¿No quiere que la ayude a levantarse?». Los labios finos y húmedos. Como lombrices.

—Vaya tranquilo. Estoy bien.

Al guardar el monedero, tocó el plástico de la bolsa que envolvía la muñeca de papel. La sacó. Los colores estaban gastados, como absorbidos por el sol, y en la mirada irreal de aquellos ojos redondos y sin pestañas, le pareció ver algo de sí misma. Levantó la cabeza y miró al mozo alejarse entre las filas de autos y entrar en la cafetería. Una mujer cruzó el estacionamiento con un carro lleno de comida; un taxi dejó a unas personas y se llevó a otras. Debajo, en un mundo subterráneo, imaginó los túneles por donde, hacía más de treinta años, se fugaron ciento once hombres. De pronto se sintió liviana. Los parlantes del shopping cambiaron de canción. Pero ella no tenía intenciones de moverse.

Último verano

Emma llamó un jueves para invitarme a Marnay. «Un rincón del paraíso», dijo, «te prometo». Era fines de agosto y el cielo de París brillaba, dañino, con su resolana gris. Yo la dejé insistir un poco, por pura costumbre, aunque me resultaba imposible negarle algo. Desde siempre había sido así entre nosotras. Emma era alta, rubia, tenía la risa fácil y las piernas torneadas por el tenis; su sola presencia predisponía a todo el mundo a hacer su voluntad.

—Está bien —dije por fin—, te acompaño.

No sé qué busco cada vez que repaso esos días en Marnay, tal vez un detalle que me ayude a perdonarme. Por lo que hice, o por lo que no hice, en realidad. Cuando pienso en Emma, pienso en Marnay, y puedo pasar horas así, dándole vueltas a esa verdad que se me revela siempre cruda, sin matices ni atenuantes.

A la mañana siguiente íbamos a ciento cincuenta por la carretera, disminuyendo la velocidad donde Emma sabía que estaban los radares. Marnay era lindo, ella tenía razón, un guion atravesado en medio del campo. Lo que había olvidado mencionar era aquel inmenso terreno en obra y la central nuclear que dominaba el horizonte. Al norte, la columna de vapor blanco y espeso de la central nuclear; al sur, aquella extensión a perder de vista, aplastada y machacada hasta que no había quedado ni una sola hebra de pasto. A ese rincón del paraíso me había llevado Emma, a pura fuerza de sonrisa y con el auto lleno de bolsas de supermercado. Pero ella era así: iba a mirar el lado que quisiera mirar y aquello que quedara fuera de su campo de visión sencillamente dejaría de existir. No era optimismo, sino una especie de voluntad ciega, una voluntad que se llevaba todo y a todos por delante.

—Acá también se cuecen habas —dijo.

Yo me reí, no tanto por lo anticuado de la expresión (era parte de su personaje, de lo que ella llamaba su *charme*), sino porque no podía imaginar que en ese pueblo pasara nada espectacular, o al menos nada muy diferente de lo que pasaba en todas partes: el inútil combate de la vida cotidiana.

—En serio —insistió—, en esa casa un hombre mató a su mujer y se pegó un tiro. Los hijos estaban durmiendo en el piso de arriba.

—Locos hay en todos lados —dije.

Terminamos de descargar el auto y entramos a la casa. El sol estallaba sobre los objetos; un jarrón de cristal refulgía como una estrella sobre una mesa antigua; en una bandeja de plata, un juego de té parecía listo para ser servido; de las paredes colgaban naturalezas muertas y platos de porcelana. Solo faltan las damas, pensé, y las damas éramos nosotras, con nuestra ropa a la moda, con nuestros gustos citadinos, pero éramos nosotras, Emma y yo, como cuando jugábamos a ser señoras, con el servicio de té de plástico y las masitas imaginarias.

Subimos hacia las habitaciones; los escalones crujían, desprendían el olor de otros tiempos. Las camas eran de madera blanca, la cómoda tenía un espejo ovalado de señorita. Las cortinas azules no dejaban pasar la luz del sol. Por todos lados había polvo y telarañas, pero en mi situación, aquello era mucho más de lo que podía esperar. De pronto sentía la alegría de haber dejado París, de escapar, aunque fuera por un fin de semana, de una ciudad que en menos de dos años había acabado con mi iniciativa. En los últimos meses, vestirme, sacar la basura o poner un huevo dentro de una olla se había convertido en una tarea titánica, y siempre terminaba destrozada, vencida por las cosas más simples.

—¡Qué casa! —dije.

—Mi abuelo hizo todo a mano. Las mesas, las camas, todo. Desde este escritorio te escribía las cartas, ¿te acordás?

—Las cartas sobre la nieve.

Emma descorrió la cortina y el sol le cayó sobre la piel bronceada.

Todavía era temprano, pero en Marnay el tiempo no significaba una carrera continua, el odio al subterráneo, la maldición al reloj, el olor de aquella línea 4 que llevaba a Porte de Clignancourt. En Marnay el tiempo acariciaba las cosas, las envolvía, y lo que aún nos quedaba parecía infinito: los infinitos minutos de aquellos dos días con sus dos noches. Entonces no había visto nada de Marnay; apenas estaba al tanto de que en ese pueblo no había tiendas ni escuela, solo un bar y una iglesia cerrada hacía demasiado tiempo, cuyo campanario se había convertido en un refugio de pájaros. Le pregunté a Emma si se podía visitar la iglesia y me dijo que las llaves había que pedírselas a Evelyne, la dueña del bar.

Esa fue la primera vez que la oí hablar del bar Le Madrinien. Más tarde, Emma insistiría para que fuéramos y sería el momento en que se decidió todo. Porque de no haber sido por ella, por su insistencia y por mi constante deseo de complacerla, nunca habría entrado a aquel bar, no habría abrazado al Ermita, fantaseando con la idea de amarlo, y sobre todo, no habríamos conocido a Monsieur Triste.

Pero eso pasó por la noche. Durante el día fuimos al río, nos bañamos en el agua verde y espesa de ese Sena salvaje, arremolinado, bordeado por sauces llorones. Aquel era el mismo Sena que atravesaba París como una herida sucia, solo que aquí se veía rejuvenecido e inocente y era casi imposible pensar que se tratara del mismo.

—¡*La Seine!* —dije, mientras nos sacábamos la ropa al borde del río—. *La Seine, la douleur…* En francés tiene más sentido, ¿no? *La douleur* somos nosotras.

—Serás vos, querida —dijo Emma, y largó una carcajada. Siempre se sentía confiada cuando estaba sin ropa—.

Conmigo no cuentes para eso. *La douleur, c'est toi*. Además, ustedes les cambiaron el género a tantas cosas: a las nubes, a la sangre, a este río.

—¿Será peligroso? ¿No habrá radioactividad?

—Yo no veo peces de dos cabezas —dijo Emma, con el tono que usaba siempre que me mostraba aprensiva y que emergía ese personaje que ella había bautizado «Chica catástrofe»—. Chica catástrofe puede quedarse tranquila.

Mientras nos bañábamos se me ocurrió que Emma, al igual que ese río, escondía secretos; que podía ser sensual y vulgar al mismo tiempo, salvaje, reconfortante y cristalina, pero también densa, malvada y peligrosa como un pantano. Emma volvió a saltar desde lo alto del puente y en el momento en que quedó suspendida en el aire, con los brazos separados y las piernas plegadas, fue un ave dorada, un ave fantástica. Después, un géiser de agua blanca. Cuando salió a la superficie, buscando el aire con la boca abierta, el pelo se le había oscurecido y le cubría los ojos.

—¡Qué felicidad! —dijo.

Y era verdad.

Por la tarde, después de un almuerzo con queso y melón, había empezado a sentirme alegre. Ya casi olvidaba mis dudas sobre el sentido de las cosas: el sentido de haber venido a este país; el sentido de soportar el frío de los inviernos sin calefacción, pegada al radiador eléctrico como una condenada a muerte; el sentido de compartir el mismo baño con otros cinco estudiantes, siempre corriendo tras la pista de esa gran vida que podríamos darnos, Emma y yo, si tan solo viviésemos en la misma ciudad. Así lo dijo para convencerme de venir a Francia, *la gran vida* —otro rincón inaccesible del paraíso—, aunque después ella hubiera decidido estudiar en Londres y solo viniese en el verano, un negativo exacto de nuestra infancia, cuando Emma era una presencia invernal que se desvanecía al final de las clases, hacia esa otra vida que tenía con su padre y sus abuelos en esta casa de Marnay. Lo que aún no olvidaba, eso sí, era la cara de mi madre, esa cara hendida por la pena y el sacrificio, y mi miedo a defraudarla. No voy a ser doctora, mamá, pensé de pronto, no voy a ser una doctora en Letras Francesas, una *pi eich di,* como dicen algunos. A lo sumo seré una de esas profesoras aplastadas por el cansancio, una simple diplomada sin orgullo. «Mi pobre madre». A menudo pensaba en ella con esas palabras. La primera mujer de la familia que había estudiado, que había sido algo, y que por obra del destino terminó sacrificándolo todo, las cremas antiedad, los corpiños de encaje, las vacaciones en la playa, para darnos la educación que nos abriría el futuro a mi hermano y a mí. Pero nada de eso debía importarme ahora. Emma me había arrastrado hasta aquí para demostrar que lo único importante era el sol y la naturaleza. Lo demás quedaba muy lejos, en esa ciudad rimbombante que ardía bajo la canícula de agosto. Respiré hondo: el aire olía a bronceador y a manzana dulce. Pero en cuanto levanté los ojos me encontré con el vapor de la central nuclear, retorcido y blanco, como un gusano que horadaba el cielo. ¿Cómo podía alguien vivir a dos kilómetros de una central nuclear y aun así pensar en un paraíso natural? Ahí estaba la verdadera belleza: que los habitantes de Marnay tuvieran tan fresca la conciencia de la muerte que hasta hubieran logrado olvidarla por completo.

Las campanas de la iglesia sonaron tres veces y los pájaros del campanario se dispersaron.

—¿Por qué la vida no será siempre así? —dije.

Emma se rio y echó la cabeza hacia atrás para seguir el recorrido de un avión que dejaba una marca blanca en el cielo despejado. Tenía un dedo enroscado en la cadenita de oro que le colgaba del cuello.

—¿Sabés en qué pensaba recién? En mi madre y en esa obsesión suya por decirnos que hay que ser algo en la vida. Siempre decía «hay que ser algo», nunca «hay que ser alguien». ¿No te parece raro?

—Entre ser algo y ser alguien —dijo ella—, prefiero no ser nada.

Reímos. Yo tenía los pies descalzos apoyados en el borde de la mesa y la mirada fija en una enredadera que subía por la pared del fondo. Habíamos llenado la mesa de revistas, de potes de crema, de cáscaras de melón. Algunas abejas peludas se acercaron, atraídas por el azúcar; los pájaros cantaban, otros insectos pasaban zumbando.

—¿Y a Olivier no le molestó que vinieras sin él? —pregunté.

—No. Olivier me tiene preocupada, ¿sabés?

En ese momento, el momento exacto en que me miró con los ojos ágiles, tan inquietos como esas golondrinas que revoloteaban alrededor del campanario, volví a sentir algo del viejo terror que Emma me provocaba. Porque yo siempre le había temido; en secreto, claro está, pero le había temido. Desde el día en que llegó a la escuela y la directora la presentó a la clase. Emma era nueva, acababa de mudarse a Uruguay y los demás no la querían. Ella era el objeto insoportable de su deseo, y aunque a escondidas la llamaban «la franchute» y hasta «la pan con queso», nadie se atrevía a negarle la palabra. Emma llegaba a la clase, sacaba su cartuchera —que era la más linda de todas—, sacaba su colección de gomas francesas, de lápices mecánicos, de reglas con olor a frutilla, y el silencio, más bien diría, la reverencia, se instalaba en los ojos de todos.

—¿Preocupada por qué? —dije.

—No sé. Cada vez está más obsesionado con los decadentes. Se la pasa recitando como un loco.

Ella me respetaba a mí, siempre me había respetado, y aquello era parte del misterio. ¿Por qué? ¿Qué podía ver en mí? No importaba. Lo que sí importaba era aferrarme a eso, usarlo como un escudo y no permitir que se diera cuenta de nada, ni de mi terror, ni de mi envidia. Y hasta ahora había funcionado. Así habíamos logrado mantener la amistad a través de los años: Emma convencida de que yo era incapaz de cualquier sentimiento negativo, yo continuamente aterrada de que ella descubriera la gran farsa de mi bondad.

—¿Y eso qué tiene de malo?

—*¿De dónde viene, decías, esta tristeza extraña* —recitó Emma, imitando a Olivier y la forma en que sus labios firmes se abrían para dejar salir las palabras— *que sube como el mar sobre la roca oscura y desnuda? Cuando nuestro corazón ha hecho una vez su vendimia, vivir es un mal...* ¿Te das cuenta? Hasta yo me lo sé.

—¿Pero eso qué tiene de malo? No entiendo a dónde querés llegar.

—No tiene nada de malo mientras sea una inclinación estética, un tic de la personalidad. Pero no cuando él mismo se convierte en un decadente. Se pasa el día en el café Wepler. ¿Entendés lo que quiero decir? ¿Alguna vez fuiste al café Wepler?

—No.

—Tendrías que ver eso para entenderme. Los mozos parecen muñequitos a cuerda, es como si todo el mundo estuviera muerto ahí adentro.

Había mentido. Yo también iba a veces al café Wepler, sobre todo los días en que me sentía más desgraciada, los días en que París se me aparecía como una gran torta de cumpleaños, una de esas tortas peligrosas que esconden un payaso o una bomba y que pueden explotar en cualquier momento. Harta de la torre Eiffel, de los apartamentos lujosos de Saint-Germain-des-Prés, de los turistas cargados de bolsas de compras, encontraba cierto placer merodeando las calles sucias del barrio Clichy, las puertas de los cabarés cerradas bajo la luz del día, los puestos ambulantes de los extranjeros ilegales, y siempre terminaba en el café Wepler, con sus sillones rojos y su patética clientela. Ya nada quedaba del viejo espíritu parisino en aquel lugar. Los mozos, vestidos con una casaca negra y una corbata roja, los espejos que reflejaban la grandeza de otros tiempos, y una nostalgia que había que arrancársela de encima como a una sanguijuela.

—Qué querés que te diga —dijo Emma—. Cada vez está más enamorado de su tristeza que de mí.

A las nueve Emma empezó a insistir para que fuéramos al bar. Acabábamos de ducharnos. Ella tenía el pelo envuelto en una toalla y la cara enrojecida por aquel último golpe de sol.

—Estoy cansada. ¿No dijiste que veníamos a descansar?

—¿Cuántas veces por día decís que estás cansada? Eso sí que debería cansarte.

—Emma, estoy en pijama. Además, sabés bien que no tomo.

—Dale, dejate de principios. ¿No tenés otra cosa más que principios ahí adentro? —dijo, y me señaló la cabeza.

Enseguida pensé que yo habría señalado el pecho y no la cabeza. Pero esa era otra de las tantas cosas que nos separaban, igual que de niñas ella era la sociable, la francesa campechana, y yo la solitaria que se escondía en su habitación a jugar con lápices en lugar de muñecas.

Me dejé convencer, nuevamente, y las campanas de la iglesia tocaron nueve veces mientras caminábamos las dos cuadras que nos separaban del bar. Aún no había oscurecido del todo; el cielo sangraba como una herida nueva y teñía el humo de la central nuclear de un tono inquietante. En su vestido rojo, Emma parecía haberse aliado al atardecer. Aquel vestido simple, de algodón, no podía quedarle mejor, y pronto se lo hicieron saber las miradas de todos. Empujó la puerta, dijo *bonsoir*, y aquella docena de ojos vino a posarse directo sobre ella. Yo no saludé, los ojos también me miraron, pero de otra forma, con la curiosidad que sabe distinguir al forastero. Emma conocía a Evelyne y a Fabrice, y tuvo que extenderse por encima de la barra para darle cuatro besos a cada uno.

—*Ça va?*

—*Ça va* —fue todo lo que dijeron.

Yo había reparado en las fotos de Serge Gainsbourg que colgaban de las paredes y las analizaba con las manos hundidas en los bolsillos. Gainsbourg, el hombre feo más lindo del mundo, aparecía sentado de perfil, un párpado abultado le cubría el ojo, la nariz se levantaba en un enorme arco mientras sostenía un cigarro con demasiada ceniza, casi al borde del derrumbe. Nos provoca con su perfil de hombre feo, pensé, nos judea. No podía controlar los pensamientos; estaba molesta por haber cedido otra vez a los caprichos de Emma y estaba molesta por haberle mentido. No solo había mentido al decir que no conocía el Café Wepler, sino que también había ocultado que hacía algunas semanas me había encontrado ahí mismo con Olivier.

—Es una amiga de la infancia —dijo Emma.

Retiré la atención de las fotos y me encontré con los ojos azules de Evelyne. Estaba sentada en un taburete alto con las piernas cruzadas, pecas oscuras asomando por el escote de su remera estampada.

—Encantada —dijo, extendiéndome una mano blanda.

Tenía la mirada y la actitud de una mujer que había sido bella y que seguía recordándose como antes. Me preguntó qué quería tomar, y en cuanto dije «Una limonada, por favor», todos se pusieron a hacer bulla y a decir «¡No puede ser!», mientras Emma reía encantada y Fabrice, con su enorme vientre y los bigotes que le caían a los lados de la boca, levantaba las manos al cielo.

—No se puede venir a Francia y no tomar una copita de vino —dijo Fabrice. En realidad no había dicho «copita de vino», sino *ballon de rouge,* un globo de tinto, rojo, como todo lo que pasaba afuera y adentro del bar. Ahora también hablaba de la vida, de que había que disfrutarla, y yo no sé si estaba borracho o si esa era simplemente su forma de hablar, con la cara congestionada por el esfuerzo que hacía al proyectar la voz.

—Es lo que le digo siempre —aprovechó Emma—: que hay que disfrutar un poco más, relajarse, pero ella es así.

Al coro se habían unido otros clientes que me miraban como a un animal traído de lejos. Todos tenían algo para opinar: que el vino era bueno para el corazón, que su abuelo había tomado un vaso de tinto todos los días durante noventa y siete años y era fuerte como un toro. Un hombre rechoncho, que tenía la nariz picada por la viruela y que quería a toda costa ser el cómico del grupo, hizo callar al resto y anunció: «Hay muchas razones para no beber, pero con una copa de vino se te olvidan todas». Gran risa, gran alboroto.

—¡Así estamos! —reía Fabrice—. ¡Así estamos!

—Está bien —dije—, para brindar.

Todos aplaudieron, y Evelyne sirvió las copas. Pero una cosa llevó a la otra y al cabo de un rato ya iba por la tercera. A Evelyne no le gustaba ver las copas vacías y, cuando se inclinaba sobre la barra para servirnos, dejaba entrever el busto apretado dentro del corpiño negro.

Emma me dejó hablando con un hombre que se hacía llamar el Ermita y se fue a jugar al billar con tres adolescentes. El Ermita se llamaba así porque vivía recluido en una casa al borde del pueblo. Bajo la mesa estaba su perro, un ovejero que permanecía echado como un felpudo negro sobre el que apoyaba los pies descalzos.

—Ya aporté demasiado a la sociedad —me estaba diciendo—. Trabajé casi veinte años en las peores cosas. Hasta en publicidad, que es como trabajar para el diablo. Hice de todo. Ya es hora de que me den algo a mí, ¿no?

—¿Y nunca usás zapatos?

—No los necesito. Si vivís acá, enseguida te das cuenta de qué cosas son las verdaderamente importantes. Este es el pozo del olvido. Se olvida todo, menos lo que importa.

—Debe de ser muy liberador.

—Una liberación y una condena. Una vez que se viene a Marnay ya no se puede salir de él.

Sonaba Diana Ross y yo pensé que las cosas serían mucho más fáciles si pudiera dejarlo todo y vivir para siempre así, escuchando a Diana Ross y hablando con el Ermita en un lugar donde nadie tenía grandes ambiciones. De a poco llegaron algunos clientes más. Emma seguía jugando al billar y de vez en cuando oíamos el ruido de las bolas entrechocándose. Al fondo, un par de escandalosos había organizado un torneo de dardos.

—¿Hace mucho que se conocen con Emma?

—Desde siempre —dije, y enseguida me corregí—: bueno, desde los ocho años, o sea, desde que tengo recuerdo.

Porque mis recuerdos empezaban con Emma. Y empezaban, también, con el divorcio de mis padres. Todo lo anterior, esos años que mi madre calificaba como los más felices de su vida, yo no los recordaba. Mi memoria parecía haber nacido con la llegada de Emma al país y con la despedida de mi padre: Emma y sus dos trenzas rubias atadas con cintas blancas en el acto de fin de año, Emma intercambiando figuritas de Sarah Key, mi padre prometiendo que nada cambiaría entre nosotros, mi padre olvidando pasarme a buscar a la salida de la escuela. Emma que volvía conmigo después de clase, traía alfajores de maicena, me ayudaba con los deberes de francés. Mi padre que llamaba por teléfono, pedía perdón, decía que se le había hecho tarde en la oficina, cuando todos sabíamos que estaba en el bar. Emma y yo jugando en el patio con mi perro Patrick; mi padre y mi madre discutiendo en la cocina. Emma que se quedaba a dormir en casa. Mi padre que estaba demasiado deprimido para venir a vernos. Eso fue por la misma época en que a Emma se le dio por disfrazar a Patrick. Patrick no se dejaba, se arrancaba la ropa con las patas y los dientes y lanzaba tarascones. «Es que tu perro no es de raza», me decía, «es marca perro». Y yo: «Dejalo, Emma, no quiere», cuando en realidad quería gritar: «¡Déjenme, no quiero!». Todo había cambiado. Mamá llegaba de trabajar y se sentaba a mirar el noticiero en un sillón de mimbre. Cuando creía que no la mirábamos, sacaba un pañuelo del bolsillo y se secaba las lágrimas.

El Ermita apoyó los codos sobre la mesa y se sostuvo la cara; tenía los ojos rojos y empequeñecidos.

—Mi recuerdo más viejo es de cuando tenía tres años —dijo—. El perro dóberman de la vecina me atacó y me mordió la pierna. Mirá, todavía tengo la cicatriz… Me acuerdo de los ojos desorbitados del perro corriendo hacia mí y de un grito, un grito que no sé si fue mío, de mi madre o de la vecina. Hasta el día de hoy no sé. ¿Otra copa? —preguntó, al verme empujar el último trago.

—No, gracias.

—¡Vamos! Es verano, no tenemos nada mejor que hacer. Como dijo alguien: «Donde no hay vino, no hay error». ¿Y quién quiere vivir sin equivocarse?

—Quién dijo eso, ¿a ver? —me reí.

—¡Yo!

En ese momento llegó Emma.

—Estoy tratando de convencer a tu amiga de que acepte otra copa, pero parece que es una mujer mesurada.

—La estudiante modelo, la hija modelo —dijo ella—. ¿No te cansa?

—Sí, me cansa. Pero todo cansa, ¿o no? Hasta la felicidad cansa.

—¿No te gusta el vino o no te gusta tomar? —dijo el Ermita.

—No le gusta perder el control —contestó Emma.

—No me gusta el descontrol, que es otra cosa. Ni el peligro ni nada de eso que debería gustarme. Que te gusta a vos, bah.

—A ver, confesá —dijo el Ermita, que se había erigido en árbitro de la situación—: ¿no te atrae el peligro, ni siquiera un poco?

—No.

Emma puso los ojos en blanco.

—¿Nunca fantaseaste con hacer algo malvado —insistió—, con poner una bomba o algo por el estilo?

—No.

—¡Usted es un verdadero monstruo! —dijo—. Brindemos por eso —se paró y alzó la copa—: porque a *Madame* no le atrae el peligro. ¡Salud!

En el otro extremo de la barra, acodado junto a un vaso de cerveza, un hombre nos miraba. Parecía bastante joven, a pesar de que no tenía mucho pelo. Emma se había hecho un moño y se abanicaba con una servilleta. Tenía la cara roja, arrebatada por el calor, y el hombre no le sacaba los ojos de encima.

—¿Viste cómo te mira ese hombre?

Emma no lo había notado, estaba demasiado ocupada con el vino, el calor, el baile y esa envidiable capacidad de mantener varias conversaciones al mismo tiempo.

—¿Cuál?

—Ese. Miralo, disimulá un poco. No habla con nadie, hace rato que está ahí.

Emma no disimuló, pero al hombre no pareció preocuparle esa súbita cuota de interés. Nada, ni un solo sentimiento asomaba en aquella cara neutra.

—Parece triste —dijo Emma, con los labios teñidos de vino. Yo opiné que no, que parecía invisible.

—No sé… tiene algo… —pero antes de terminar la frase Emma ya se había inclinado sobre la barra para preguntarle a Evelyne—: ¿Y ese quién es?

—Ah, un tipo de Nogent —dijo ella, abriendo grandes los ojos azules—. ¿Viste qué raro? *Bizarre, vraiment bizarre.* Siempre se para en el mismo lugar, no habla con nadie, no se ríe. Lo mismo todos los días.

—¿Y dónde vive?

—Por ahí, al lado del canal. Vive con los padres. No sabemos ni cómo se llama.

—*Monsieur Triste!* —gritó el Ermita.

Emma ya estaba decididamente borracha cuando salimos del bar. Atrás quedaba Monsieur Triste, acodado a la barra junto a su vaso de cerveza tibia. Las calles estaban oscuras, pero por momentos la luna se abría paso entre las nubes y nos señalaba el camino. El Ermita miró el cielo.

—Ahora sí que es el fin del verano —dijo.

Emma caminaba haciendo equilibrio sobre el cordón de la vereda, riendo y armando escándalo:

—¡No puedo verme ni los pies! No veo nada. ¡Estoy ciega! ¡Estoy ciega!

—¡Shhhhh! ¡Emma! La gente duerme, vas a despertar a todo el mundo.

—¡Es que te juro que no veo nada! ¿Dónde está, Louis? ¿Dónde está?

Louis era el perro del Ermita, que venía unos metros más atrás y del que solo alcanzábamos a oír los jadeos. Todavía pensábamos en Monsieur Triste y nos pusimos a inventar hipótesis sobre su vida: ¿y si era autista?, ¿y si era sordomudo?, ¿y si era débil mental?, ¿y si era un asesino en serie?, ¿y si mató a los padres y enterró los cadáveres?

—Evelyne dijo que vivía por acá.

—Sí —dijo el Ermita—, allá. —Caminamos un poco más hasta las vías del tren y desde ahí nos señaló una casa con techo a dos aguas, apenas visible en la oscuridad de la noche—. ¿Y saben qué es lo más raro? Que, en Navidad, la suya es la casa más iluminada de todo Marnay. Hay luces en el techo, en las ventanas, en los árboles del jardín. Hasta cuelgan un trineo de la chimenea.

—Pobre Monsieur Triste —dijo Emma—. Se habrá amargado de tanto vivir con dos viejos felices.

Nos despedimos del Ermita frente al portón de su casa.

—Mañana a las ocho —le dijo Emma, y él se inclinó en una pequeña reverencia.

Emma entrelazó su brazo con el mío y volvimos a la casa en silencio, adormecidas por el ruido de nuestros pasos.

Desperté tarde. Al cansancio del espíritu, ese que se había ido acumulando durante los últimos meses, se le sumaba ahora el cansancio físico y casi olvidado de las caminatas y los chapoteos en el río. Emma aún dormía. Tenía una respiración silenciosa y pausada que era casi como una ausencia. La soledad junto a Emma me resultaba familiar. Era común que despertara antes que ella, después de un sueño leve y vacío, y que me quedara bocarriba sin pensar en nada, sintiendo el alivio de haber despertado. No me gustaba dormir; dormía el mínimo indispensable y siempre me angustiaba la posibilidad de recordar algún sueño.

Las campanas de la iglesia volvieron a sonar. Sonaban cada hora desde las siete de la mañana hasta las once de la noche.

—Emma —toda la vida había sentido un placer inexplicable al despertarla—, ya son las once.

Ella se dio vuelta y se tapó por completo con la sábana.

—Me duele la cabeza —dijo.

—Tengo aspirinas en el bolso.

—No, ya va a pasar. El dolor es solo información.

Desayunamos adentro. La luz se colaba entre las tablas de la persiana y dejaba en evidencia el polvo que flotaba en el aire. Emma tomó tres tazas de café negro. Estaba seria y callada. Era como si el aire que nos separaba se hubiera enrarecido. Yo quería recuperar la sensación de complicidad que había sentido el día anterior, ese disfrute del presente, tan esquivo para mí, así que me lancé a hablar del Ermita, de las cosas que me había contado. Emma me escuchaba sin mucho interés, untando tostadas con manteca y mermelada.

—Entonces, ¿tengo que inferir que te gusta el Ermita?

—No sé. Sí y no. Me parece un hombre valiente.

—¿Valiente? —dijo, levantando por primera vez los ojos de la taza—. ¿Qué tiene de valiente? La soledad no tiene nada de valiente. Lo que hizo el Ermita es lo más fácil del mundo. Lo difícil es salir al ruedo. Eso es lo difícil, *ma chère*. —Se había entusiasmado y ahora era la misma Emma de siempre, la que hablaba desplegando sus manierismos, sus expresiones desusadas, su encanto turbulento—. Es más, el Ermita es un cobarde. ¡El Ermita es puro cuento!

—Al menos es honesto —dije, tratando de que la conversación no tomara para un lugar del que ya no podría volver.

—No contigo. Eso se cae de maduro.

—Bueno, será honesto consigo mismo, que ya es bastante.

—¿A vos también te hizo tragar el cuento de la honestidad, de la libertad y todo eso?

—No es para tanto.

Pero Emma ya había enarbolado la cucharita, que aún tenía restos de mermelada de higo, y me señalaba con ella como si se tratara de un arma ensangrentada.

—¿Querés ser libre? Sé libre. ¿Querés ser honesta? ¡Sé honesta! Pero no te tragues los cuentos del Ermita, por favor.

El teléfono nos interrumpió. Emma lamió la cuchara y la dejó sobre el mantel, arrastró los pies hasta la mesa del teléfono y mediante señas me hizo entender que era Olivier. Agarró el aparato y se fue a otra habitación. Desde la cocina podía oír el murmullo de su voz, pero no alcanzaba a distinguir ninguna palabra; el cable negro y retorcido del teléfono marcaba el camino y se escurría por la puerta entrecerrada. ¿Y si Olivier le hablaba de mí? ¿Si le decía que nos habíamos encontrado aquel día en el café Wepler? No lo haría. Si ya no lo había hecho en su momento, no había ninguna razón para hacerlo ahora.

A las tres de la tarde el Wepler alcanzaba su punto máximo de patetismo: ya no servían almuerzo, pero todavía era demasiado temprano para el té, la hora en que empezaban a llegar los clientes del barrio. La sala estaba vacía; en los pasamanos de bronce resaltaban las huellas de dedos anónimos. Era la hora en que los mozos cambiaban de turno y ninguno tenía la menor intención de atender a nadie. El que se iba ya se sentía afuera, el que llegaba todavía no se había puesto su chaqueta negra y quería extender un poco más el momento de ocio. Si había algún cliente, se trataba de una vieja con un perrito atado a la pata de la mesa, una vieja con prendedores de fantasía y un trajecito modesto de los años cuarenta. Ahí fue donde encontré a Olivier, sentado en una mesa oscura y apartada. Leía a Lautréamont, y la mesa era un reguero de azúcar y de sobrecitos rotos. Ni bien nos saludamos, levantó el libro, lo puso a la altura de los ojos y me leyó el fragmento que acababa de subrayar:

—*Dios que lo creaste con magnificencia, a ti te invoco: ¡muéstrame a un hombre que sea bueno! Pero que tu gracia multiplique mis fuerzas naturales; pues ante el espectáculo de semejante monstruo, puedo morir de asombro.*

Hablamos de eso, aprovechando que Emma no estaba y que no iba a burlarse de nosotros por hablar de literatura. Yo le confesé que disfrutaba viniendo al café de las viejas con perritos. Él soltó una risa que me pareció sincera. ¿Por qué me preocupaba tanto aquel encuentro? Había sido una conversación como cualquier otra, sin nada de especial. Sí, sin nada de especial. Excepto por que yo me había sentido demasiado a gusto. Y a juzgar por cómo fueron resbalando las horas, por cómo un café siguió al otro y cada vez había más sobrecitos de azúcar desparramados sobre la mesa, sospecho que a Olivier le pasó lo mismo. Tampoco hablamos mucho de nuestra vida privada. Me preguntó por Felipe y yo dije, sin más explicación, que las cosas no habían funcionado.

—Demasiado joven, según Emma, demasiado inmaduro. Siempre es demasiado algo: joven, viejo, inseguro. Hasta demasiado masculino.

—No le hagas caso —dijo él.

Era verdad lo que decía Emma sobre la forma en que Olivier movía las manos, como si revoleara una capa, pero a mí, lejos de irritarme, aquellos gestos un poco aniñados me resultaban de un gran candor, justamente el tipo de candor que escaseaba en París.

—Si fuera por Emma —dijo—, te tendría para siempre guardada en una caja.

Yo sonreí. Me pareció que era un halago.

—¡Qué idiota!

Emma había vuelto, con el teléfono en la mano.

—¿Qué pasó?

—Nada, lo mismo de siempre. Solo que hoy no estoy de humor para sus cosas, para su mundo. Todo el mundo tiene un mundo. ¿No se da cuenta? Y encima pretende que lo tome en serio, que lo escuche, que le diga algo con sentido.

Se sirvió otra taza de café y la tomó de un trago.

—Me preguntó por vos.

—¿Por mí?

—Sí, ahora se le dio con eso. Te mandó saludos. —Apiló los platos y las tazas y los dejó bruscamente sobre la mesada de la cocina—. No puedo estar más acá —dijo—. Vamos a dar una vuelta.

Caminamos por la calle principal, la misma que habíamos recorrido la noche anterior. Atravesamos el puente que pasaba sobre las vías, miramos sin emoción hacia la casa de Monsieur Triste y seguimos rumbo al cementerio.

—¿No te parece raro eso que contó el Ermita anoche? —dijo Emma.

—¿Qué de todo?

—Eso. Que la casa de Monsieur Triste sea la más iluminada de todas en Navidad.

—Sí, es gracioso.

—A mí me parece trágico.

En el cementerio no había panteones ni grandes estatuas; todas las tumbas eran casi idénticas, al ras del piso y con una cruz de piedra o de metal. Nada más que eso; sin vanidad alguna, la piedra tomada por el musgo y las flores silvestres, la piedra resquebrajada y ennegrecida por el sol. Tiene algo de jardín encantado, pensé, de casa de muñecas. Excepto porque al otro lado del muro se alzaban las dos enormes chimeneas de la central nuclear. Emma se había puesto a saltar de una tumba a la otra, igual que de niñas saltábamos para esquivar charcos. Algunas sepulturas eran solo un montículo de tierra con una lápida en el suelo y una inscripción que se había ido borrando con el tiempo. Emma caminaba sobre ellas, las pisaba con fuerza, estampaba en la tierra las huellas de sus zapatos. De pronto se detuvo:

—Conocí a esta mujer —dijo—. Se llamaba Suzzie. Era una vieja adorable, de familia inglesa. Mi abuelo la quería mucho. Yo estuve el día del entierro, hará tres años. Alguien tocó la guitarra y después repartieron flores amarillas. Todos hicimos una fila y fuimos dejando caer las flores sobre el cajón. La gente lloraba.

—Se ve que la querían —dije, mirando el cantero de flores blancas y bien cuidadas al pie de la tumba.

—Yo también lloraba. No me preguntes por qué. Al final, cuando una mujer vino a besarme, le dije que era la nieta de Suzzie. ¡Le dije eso! Y la mujer me abrazó, y yo lloré un poco sobre su hombro.

Emma se agachó, se sentó en el extremo de la tumba y se acostó sobre la piedra.

—Si esta fuera mi tumba —dijo, extendiendo los brazos al cielo—, me quedaría chica.

Era imposible bañarse en el río esa tarde. Se había levantado viento y una tormenta empezaba a delinearse a lo lejos.

—¿En serio te interesa el Ermita? —me preguntó Emma cuando salíamos del cementerio—. ¿En serio te imaginás viviendo en este pueblo de mala muerte, izando la bandera de la libertad?

El resto de la tarde la pasamos en la casa, dormitando, hablando a veces. Emma se pintó las uñas de rojo; yo miré un álbum de fotos viejas, postales de Marnay de principios de siglo. Las mismas casas, las mismas calles; lo único diferente eran los carruajes y los vestidos de las mujeres. En una de las fotos, junto al abuelo de Emma, estaba Suzzie. Suzanne Bloomingdale, decía al pie. Todos estaban muertos.

—¿En qué estás pensando? —me preguntó Emma.

—En nada.

A las siete empezamos a vestirnos para ir al bar. Emma con pollera azul tableada y musculosa blanca. Sandalias plateadas, uñas rojas, un collar largo de perlas artificiales. Yo con pantalón negro de lino y blusa verde. Sandalias negras, uñas comidas, una bufandita de gasa por si refrescaba. Los domingos eran días tranquilos en Marnay y Le Madrinien estaba casi vacío. El Ermita se había arreglado para nosotras y, aunque no llevaba zapatos, se había afeitado y peinado con gel. Emma estaba otra vez de buen ánimo y ahora cantaba a voz en cuello una canción de Gainsbourg, el patrono del bar. Parada entre las mesas, con una copa haciendo de micrófono, recitaba: «*Manon, non / Tu ne sais surement pas, Manon / à quel point je hais / ce que tu es*». Evelyne y Fabrice acompañaban desentonando. Yo no cantaba; barajaba los pensamientos que me llegaban como viento tormentoso. Pensaba en el Ermita; en que después de todo no era tan feo —aunque mucho más feo que Gainsbourg—, y en cómo sería una vida con él, en ese pueblo que él había llamado «un sándwich entre el cementerio y el Sena». El Ermita estaba parado un poco más lejos. Había dejado de mirarme, de hacerme gestos de «salud» con la copa y ahora seguía atentamente el contoneo de Emma, los labios pegados al micrófono de vidrio y aquella mano en el aire que intentaba protegerse del espíritu malvado de Manon.

—*Perverse, Manon! Perfide, Manon!*

Una mujer vestida con un pantalón de leopardo entró del brazo de un hombre dos cabezas más bajo que ella, un alfeñique que no se animaba a mostrar ningún orgullo. Más tarde llegó una especie de vikingo afiebrado, gordo y de pelo rubio, que nos invitó a todos con una ronda de Pernod. No éramos muchos, pero cuando la puerta se abrió y el tintineo de la campana anunció la llegada de Monsieur Triste, se hizo un silencio general. El Ermita me miró, enarcando las cejas; yo miré a Emma, que me devolvió el gesto mordiéndose el labio; Evelyne miró a Fabrice, aguantando la risa, y Fabrice, con el bigote quieto e inmutable, clavó los ojos en Monsieur Triste. Nadie dijo nada. Como un instrumento de percusión, los pasos de Monsieur Triste se integraron por un instante a la música, y sin coraje ni cobardía, siempre empujado por esa honda tristeza de hombre ausente, se acomodó en un extremo de la barra y levantó un dedo para pedir lo mismo.

El resto de la noche miró a Emma como si quisiera arrancarle parte de esa naturalidad indolente que ella ofrecía a quien quisiera tomarla. Emma no se escondía; consideraba el pudor algo demasiado burgués e incapacitante, y podía vérsela correteando entre las mesas, cantando, lanzando dardos, bailando con un taco de billar y apoyando la mano en el hombro de este o de aquel. Aunque Emma fingía no verlo, yo sabía que cada movimiento, cada risa, cada giro en que su pollera azul se hinchaba para revelar un poco más de pierna iba dedicado a Monsieur Triste. De alguna manera, Emma y Monsieur Triste se complementaban a la perfección. Con Monsieur Triste en el mismo espacio, Emma era diez mil veces más encantadora, más bella, más real.

—Dejar todo no es tan complicado —me dijo el Ermita—. Solo hay que hacer precisamente eso: dejarlo todo, parar. Y entonces te das cuenta de que al mundo le importa un comino lo que vos hagas. ¿Cuántos estudiantes te parece que hay en la Sorbona, nena? ¿Cuántos profesores talentosos? El talento abunda. Ni vos ni yo somos tan importantes.

Estábamos sentados junto a la ventana y de vez en cuando mirábamos hacia afuera, hacia el trapecio de luz que se dibujaba en el piso y que parecía una jaula para la sombra de nuestras cabezas. Evelyne nos había servido un vino ligero y alegre. «Ligero y alegre» según Fabrice, claro, que siempre tenía algo que acotar, pero yo también me sentía así, ligera y alegre, y empezaba a creer que tal vez Fabrice tuviera razón.

—Yo tenía siete u ocho años —dijo el Ermita—. Estábamos todos haciendo un dictado, la maestra se llamaba Caroline, me acuerdo hasta el día de hoy porque tenía un ojo bizco. Estábamos haciendo un dictado, y en medio de una palabra cualquiera, dejé de escribir y me puse a hacer un dibujo: una línea larga y serpenteante que salía de la letra interrumpida e invadía toda la página. Creo que pensé: «Mirá vos, así que puedo no hacerlo y no pasa nada».

—Algo habrá pasado después —dije—, con la maestra, con tus padres. Todo tiene consecuencias.

Él agitó la cabeza. ¿Cuántos años tendría? ¿Cuarenta? ¿Más? Tenía el pelo canoso en las sienes pero el cuerpo fuerte y la cara arrugada por algo que no era la edad sino el sol, la intemperie. No era fea esa aspereza, esos surcos que le caían verticales sobre el entrecejo. Mi error había sido ese, pensé, buscar hombres demasiado delicados, con manos de pianista y una cara pálida y urbana, convencida de que aquellas banalidades eran signos de sensibilidad.

—Hace un calor espantoso —dijo Emma al volver a nuestra mesa. Levantó mi copa y la vació de un trago—. ¿No les parece que hace un calor espantoso?

—¡Epa! —dijo el Ermita—. Tenías sed, vos.

—Emma —yo estaba alegre, ¡alegre!—, el Ermita me convenció. ¿Verdad, Ermita? —Y al decir esto me incliné con disimulo para tocarle la mano—. Mañana mismo dejo todo. Es fácil: no vuelvo a París. Dejo todo.

Ninguno de los dos me creyó, ni yo misma me creí, pero qué sensación tan agradable. Por momentos hacía un esfuerzo para contenerme, para volver a ser la misma de antes, con mis aprensiones y mi buen juicio, pero era como intentar contener un dique que se desmoronaba, hacerme cargo de esas vigas y esos muros imposibles de sostener por alguien de mi tamaño.

—¡Me parece perfecto! —dijo Emma—. Nunca escuché nada más razonable.

El Ermita volvió a llenar las copas y Emma aprovechó la pausa. Me abrazó por detrás de la silla y acercó la boca a mi oído.

—¿Qué hacés? —dijo, y ciñó el abrazo—. ¿Te enloqueciste?

Yo me reí y tironeé para que me soltara. No había nada que pudiera decirme, nada que pudiera sacarme de esa placidez.

—Es verdad que hace un calor insoportable —dije.

Salimos. París había quedado muy atrás: la angustia, el barrio y sus miles de chimeneas de ladrillo, las cáscaras de naranja que siempre alguien tiraba en la escalera del edificio y aquella foto del cementerio Père Lachaise que pegué sobre mi escritorio y que parecía gritarme que todo era vano. Pero las voces ya no eran las de mis escritores favoritos, que tantas veces había creído oír. No. Estas eran las voces de todos los demás, las de los muertos comunes, los olvidados. A lo sumo alguien te pone un cantero de flores blancas, pensé, eso es lo que queda: un cantero bien cuidado. El mundo y sus verdades se escurrían como agua sucia bajo mis pies, como el agua de lluvia que baja de los techos y se convierte en corriente desbocada. Qué fácil parecía todo ahora. ¿De qué servían esas ilusiones, esas ganas desmedidas de existir? Esto era lo que importaba. Esta noche y esta caminata.

Íbamos por la calle principal. El Ermita nos seguía de lejos; avanzaba con cuidado para no lastimarse los pies descalzos. Nosotras casi corríamos. Emma me había sacado ventaja. Yo quería gritar «Emma, ¡esperame!», pero no me salían las palabras y solo me dejaba llevar por su silueta adentrándose en la oscuridad. Por momentos la perdía de vista y tenía que guiarme únicamente por el crujido de sus pisadas, pero luego aceleraba el paso y ahí estaba de nuevo, corriendo con el pelo desatado.

Llegamos al puente sin aliento, respirando con fuerza por la boca.

—El Ermita quedó atrás —dije.

A lo lejos lo vimos llegar, calmo, sin apurar el paso ni hacernos señas. Emma empezó a hamacarse en la baranda, doblada por la cintura, con la mitad del cuerpo del lado del puente y la otra hacia el vacío.

—No hagas eso —le dije—. La cabeza pesa más que el resto del cuerpo.

Ella soltó una risa que retumbó en el túnel y siguió hamacándose hasta que el Ermita estuvo junto a nosotras. Necesitó un solo impulso para incorporarse de un salto.

—¡Vamos a bajar a las vías! —dijo, y un segundo después los tres bajábamos por una escalera de piedra al costado del puente.

La poca claridad que nos llegaba era un resplandor grisáceo, teñido del color de las nubes. De cerca, las vías no eran esa fuga amenazante que brilla bajo el sol, sino apenas una cuerda tensa donde hacer equilibrio. Un pie adelante y otro atrás. Los brazos abiertos para no tambalearme.

Emma se acostó sobre el ripio entre las vías.

—De chica pensaba que si me quedaba quieta, chata contra el piso, el tren podía pasar sobre mí sin tocarme —dijo—. ¿A qué hora pasará?

El Ermita aullaba. Se le había dado por aullarle a la luna y el perro Louis, confundido, también se había puesto a ladrar. Una lagartija diminuta y negra apareció entre las piedras. El Ermita la vio avanzar hasta la vía y empezó a acercarse en puntas de pie.

—Vení —susurró—. Despacio.

Me dio la mano para ayudarme a mantener el equilibrio.

—No la agarres de la cola —dije—. Me impresiona.

—¿Por qué cuchichean? —preguntó Emma desde las vías.

—¿Nunca viste una lagartija sin cola? —me dijo el Ermita, apretándome la mano.

—No. Ni quiero. Me daría impresión.

—No les hace nada.

—¿De qué hablan? —volvió a decir Emma—. ¿Qué hacen?

Ya estábamos muy cerca de la lagartija, casi al lado, cuando Louis apareció corriendo y jadeante y la lagartija se escurrió entre las piedras a una velocidad asombrosa. Louis la siguió hasta el borde del pajonal, se quedó un momento ladrándole al pasto, y luego corrió hacia nosotros y de un salto golpeó las patas delanteras contra el pecho del Ermita.

—¡Louis! —lo rezongó el Ermita—. *Méchant!* —Le dio una palmada suave sobre el lomo y el perro gimió—. Ahora tenemos que encontrar otra lagartija. Tengo que mostrarte cómo abandonan la cola.

—No, no —dije, tirándole de la mano—. En serio. No quiero ver eso.

Emma se paró y se sacudió la tierra de la ropa.

—A que vuelvo al bar y le hablo a Monsieur Triste —me dijo, desafiante—. Qué. ¿No me creés?

Me reí.

—Y qué le dirías, ¿a ver?

—No sé. Algo. Te apuesto que consigo hacerlo hablar.

Volví a reírme. Me sentía liviana, con una sensación blanda detrás de las rodillas, como si estuvieran a punto de doblarse. Louis seguía alborotado y daba vueltas a nuestro alrededor.

—Louis —lo llamé—, *viens ici! Viens!* —El perro se acercó y me lamió la mano.

—¡Te apuesto que lo hago! —gritó Emma. Había subido la escalera de piedra y ahora hablaba desde lo alto del puente—. Te apuesto que hasta le doy un beso.

Lo siguiente que oí fueron sus pasos desenfrenados, el crepitar de la tierra bajo sus pies.

—Emma, ¡Emma!

Me precipité hacia la escalera, pero el Ermita me agarró del brazo.

—Dejala —dijo.

—¡Pero está loca! ¿Qué le va a decir?

—Dejala. Ya va a volver. Sabe lo que hace.

Nos sentamos en el pasto. La noche estaba fresca y a lo lejos refulgían algunos relámpagos silenciosos.

—¿Viste? —dijo el Ermita—. ¿No te dije que era el fin del verano?

—No quiero que nos llueva en la ruta.

La cabeza me daba vueltas y no podía fijar los ojos en nada. El Ermita volvió a mirar el cielo. Entre las nubes grises y sin relieve se abrían algunos claros de estrellas.

—No creo que llueva —dijo—. ¿Pero no era que vos no volvías a París? ¿Ya se te fue la valentía?

—Yo no soy de las valientes.

—Bueno, eh, era broma.

Se quedó mirando el resplandor que cada tanto iluminaba el cielo.

—Acá es así —dijo después—: cuando el verano se va, ya no vuelve.

Pensé en Emma revoloteando en torno a Monsieur Triste como una mariposa junto a una planta demasiado seca. ¿Y si lo besaba? ¿Y si de verdad besaba a Monsieur Triste? Yo tenía razón: Monsieur Triste era invisible, y por más que intentara recordarlo, apenas me venían a la memoria el sonido sordo de sus pasos, el vaso de cerveza sin espuma, una nariz que no era grande ni chica, una boca que no era fina ni ancha, pero que no parecían corresponder a ninguna cara.

El Ermita se frotó las manos.

—¿Tenés frío? —preguntó—. ¿Querés que te abrace?

—Sí —dije, pero mi interés ya estaba en otra parte.

Recosté la cabeza en su hombro e intenté concentrarme en eso, en el contacto y en el olor a jabón de Marsella que desprendía su ropa. Louis se había echado a nuestros pies y lanzaba suspiros. Cerré los ojos. El Ermita hablaba ahora de su vecino, un viejo sordo que cultivaba coliflores, y después mencionó aquel extraño asesinato, el único en la historia de Marnay. Yo apenas lo escuchaba. ¿Cuántas veces iba a contarme lo mismo? ¿Cuántas veces iba a explicarme cómo podía ser feliz con trescientos euros y un par de tomates amarillos? El mareo ya no me hacía bien. Se había convertido en un aleteo que me subía por el estómago hacia la garganta. Y todo era culpa de Emma, que ni por una sola vez había podido soportar no ser el centro de atención, no ser la protagonista de lo que estaba pasando. Debería estar conmigo ahora, pensé, como yo había estado tantas veces cuando ella me necesitaba. En dos o tres saltos de tenista, Emma había logrado convertir al Ermita en sapo y a mis ilusiones en una piñata rota, jirones de nada.

Supongo que las cosas no pasan porque sí, sin que antes se vaya juntando una presión subterránea, pero cuando acepté ir a Marnay ni siquiera sospechaba que en el fondo, como esos peces de los abisales, se agitaba en mí un sentimiento oscuro.

Al final le pedí al Ermita que me acompañara a la casa, no me sentía bien. Él no trató de convencerme, solo me apretó el hombro y soltó un suspiro.

—Mirá que sos rara —dijo.

Caminamos en silencio y nos despedimos sin promesas de un reencuentro. La puerta estaba sin llave, como siempre, así que entré y subí directo al baño. En la planta baja había una luz prendida, en la misma habitación donde Emma se había encerrado a hablar con Olivier. Eso me digo: que no me di cuenta. Si lo noté, es posible que me haya parecido natural. Yo estaba acostumbrada a dejar luces prendidas cuando salía, por miedo a los ladrones y a la oscuridad. Subí, me saqué la ropa, me lavé los dientes, deambulé por la planta alta agarrándome de la pileta, la puerta, la pared, usando los objetos como bastones, hasta que por fin me acosté y apagué la luz.

Recién entonces oí algo. Voces, pasos que llegaban desde abajo filtrados por las maderas del parqué. Fue ahí cuando lo pensé por primera vez. «Olivier, Emma no te merece». Pensé que también a Olivier quería tenerlo guardado en una caja para siempre; a él y a mí, como a dos grillos, dos insectos dentro de una caja de zapatos con unos pocos agujeros piadosos para que entrara algo de aire. Lo mínimo para mantenernos vivos. Incluso me pareció que se lo decía, a él o a Emma. ¿Soñaba? La quietud había empeorado el mareo y la náusea se unió a la imagen de Emma, su cuerpo junto al de Monsieur Triste. Lo provocaría con movimientos diestros, palabras exactas, risas bien calibradas, para luego negarle todo. Ahí el pequeño triunfo, ahí el goce de lo que ella llamaba con ligereza «la vida». Hubo un ruido fuerte, como un mueble que cae o es arrastrado, y enseguida me pareció oír la voz de Emma, mi nombre separado en sílabas. Pero yo no podía moverme. En mi sueño o delirio, Emma estaba parada junto a la puerta y yo le hablaba con un odio endurecido por los años. Ella lloraba con amargura, como si por primera vez descubriera que existía algo llamado dolor.

—Yo te avisé —le decía, con esa voz nueva, transformada—, es el fin del verano —y ella se acostaba en el suelo y se quedaba dormida.

Pero Emma no estaba en el suelo cuando la desperté a la mañana siguiente. Casi no hablamos en el auto, excusadas por el vino y el cansancio. «¿Y qué tal Monsieur Triste?», fue lo único que pregunté. De reojo vi que se encogía de hombros. Dejábamos atrás la central nuclear, el pasto amarillo e inútil del gigantesco predio, con sus vallas electrificadas y carteles de PROHIBIDO EL PASO.

—¿Te habló?

Conté hasta tres antes de oírla decir:

—Sí.

La miré; apretaba las mandíbulas, tensaba los brazos hacia el volante. Podía reconocerme en esta Emma, quebrada, haciendo lo indecible por mantener en una sola pieza las esquirlas de su dignidad. Eso fue todo lo que supe y cómo lo supe.

—¿Y? —dije—. ¿Qué tal es?

—Un tipo como cualquier otro.

Llegamos a París justo a la hora en que el embotellamiento se disolvía en un tráfico pesado. Tres meses después volví a Montevideo, dejé la literatura y me dediqué a dar clases de francés. Emma abandonó el tenis. Me enteré por mi madre, que cada tanto se escribe con la madre de Emma. Me imagino que para Chantal aquello habrá sido un drama familiar. ¿Cómo explicárselo a sus amigas? Chantal era así, cualquier cosa que pasara, si la tinta le quedaba demasiado oscura, si no conseguía reserva para Fouquet's, decía: «¿Y ahora cómo voy a explicárselo a mis amigas?». Emma y Olivier finalmente se casaron. Encontré la tarjeta de participación en una vieja casilla de correo, un mes después de la ceremonia. Los hemisferios, las estaciones invertidas, se volvieron nuestros aliados.

Pero hay algo más, algo ineludible. Yo estaba despierta cuando la puerta de calle se cerró y Emma subió la escalera, entró al baño y se dio una ducha que me pareció infinita. Yo estaba despierta, aunque con los ojos cerrados, cuando salió del baño, caminó despacio para que las maderas del parqué no crujieran, y se metió en la cama con cuidado de no alertarme. Pronto fue amaneciendo. Los pájaros empezaron a alborotarse en el campanario, un gallo cantó, y a lo lejos, débil como un eco, le respondió otro. Yo estaba despierta, digo bien, y la oí llorar hasta quedarse dormida. La luz fue empujando la noche, y a las siete, las campanas de la iglesia me hicieron sentir muy lejos, tan lejos ya de esa casa, de ese país, de esa vida, que a veces pienso que fue otra, y no yo, la que vio salir el sol.

La medida de mi amor

Se acordó de aquella noche por el asunto de los regalos. Cuando se peleaban y él la echaba de la casa, siempre la obligaba a devolver lo que le había regalado. Las botas, por ejemplo. Aquella noche, antes de encerrarse en el balcón, Iván había tirado una de las botas por la ventana, y a la mañana siguiente, cuando sonó el timbre y él pensó que eran los de inmigración que venían a buscarlo, ella recibió de manos de un vecino una bota larga, que parecía una de esas medias de Navidad que se cuelgan de la chimenea y se llenan de caramelos. «¿Esto es suyo?», dijo el hombre, y levantó la bota, sosteniéndola apenas con dos dedos, como si la locura pudiera contagiarse en ese mínimo contacto. Ella agradeció. Más tarde, cuando fue al supermercado, encontró un corpiño discretamente colgado de la verja del edificio. Un corpiño blanco, empapado por la última nevada.

No es que los objetos que ahora tenía sobre la mesa del bar fueran estrictamente regalos, pero igual se acordó de aquella noche e intentó reconstruir la pelea. Se vio a sí misma gritando a través de la puerta de vidrio que daba al balcón:

—La última vez que lo vieron estaba corriendo desnudo por la calle. Neumonía y paro cardíaco. Dale, Iván, entrá. ¡La neumonía no es pavada!

Él se lleva el dedo a la sien y le hace señas de que está loca. Por un momento ella piensa que es cierto, que no puede estar cuerda si hace meses que vive con una valija armada junto a la puerta, si ya ha subido y bajado incontables veces los tres pisos por escalera con esa misma valija donde caben todas sus pertenencias (mentira: sus pertenencias caben en dos valijas; en la segunda tiene lo menos importante, lo que no le molestaría abandonar si él volviera a echarla, o si volviera a romper, a arrasar y a pisotear todo lo que encuentra a su paso mientras grita que cada tornillo de esa casa le pertenece porque lo ganó con su talento. *Talento* es su palabra favorita. Él tiene talento, ella es una mediocre). Cómo podría estar cuerda, si ya arrastró esa valija incontables veces por la vereda tupida de nieve, entre los charcos negros de barro y de mugre líquida que salpican los autos. La nieve después de la nieve; lo que pasa cuando lo inmaculado se mancha, se gasta. ¿Y será que todo termina así, escupido, pisoteado?

Hacía una semana, nomás, había bajado los tres pisos con la valija; tiró de ella hasta el subte, se sentó en el banco de metal y dejó pasar tres o cuatro trenes mientras el frío del banco empezaba a traspasarle el saco de piel y ella seguía llorando, no por tristeza, sino por la rabia de que sus ojos se obstinaran en mirar hacia el puente, esperando que él viniera a buscarla. «Cuento hasta diez y me voy». Pero después contó hasta veinte, volvió a mirar el reloj de agujas fluorescentes y dejó pasar un tren más, el último, porque ya estaba oscureciendo y el viento helado le había dormido las mejillas.

Al final siempre subía a algún tren. Pasaba la noche en un hotel o daba una vuelta en redondo en el subte —la vuelta completa tardaba una hora y quince— y volvía a la casa. Él demoraba en abrirle, le decía «andate» hasta que ella se cansaba de repetir que no tenía adónde y le pedía por favor. Otras veces, cuando le abría, estaba borracho y desnudo, picando chiles rojos, de los que anestesian la boca. Si ella trataba de sacarle la botella, él le apuntaba con el cuchillo, pero no como apuntaría un delincuente, no, solo sin querer, moviéndolo distraído en su dirección, mientras decía que esa era su casa y que en su casa tenía derecho a tomar todo el whisky que se le antojara.

Iván tenía razón, ella estaba loca. Entonces recordó que era él el que estaba desnudo en el balcón y que afuera hacía cinco grados bajo cero. Ella lo miraba del otro lado de la puerta ventana, con un edredón de plumas en la mano. Él hizo que no con la cabeza, tironeó del picaporte:

—¡Quiero agarrarme una neumonía!

Ella amenazó con irse. Sabía que él estaba descalzo sobre una fina capa de hielo, la nieve endurecida y resbalosa que no llegaría a derretirse hasta la primavera. Cuando por fin él soltó la puerta, ella aprovechó para tirarle el edredón encima como a un hombre en llamas. Lo envolvió y él se dejó guiar hasta la cama. Tiritaba. Tenía la piel roja, no blanca como uno pensaría, sino roja y seca. «Sos loco, Iván», dijo ella, mientras trancaba la ventana e intentaba recordar cómo fue que terminaron con él desnudo en el balcón y ella sintiendo, otra vez, que debía protegerlo. La escritora francesa. ¿No fue eso? Él dijo que ser bisexual era una imbecilidad a la moda. Que ahora todas las minitas eran tortilleras. A ella le irritaba su forma de hablar, y él sabía usar las palabras exactas que servirían de disparador para una nueva pelea. A menudo sus discusiones empezaban por matices del lenguaje. *Todas* las feministas son unas amargadas. Aunque al rato ese ataque se volvía contra ella: «Vos te hacés la moderna, pero el hombre y la mujer no son lo mismo».

Y sin embargo el día había empezado bien. Ella llegó contenta de la caminata en el parque; él la estaba esperando con el almuerzo; se emocionaron juntos mirando el documental de Pulqui; les sacaron punta a los lápices y los ordenaron sobre el escritorio. A fin de cuentas, qué importaba si ella tenía razón, por qué se encarnizaba tanto en cambiarlo si podían ser felices así, comiendo mango y chocolate belga en un sillón; él sin camisa, ella recostada en su pecho, aspirando ese olor ácido, de cierto modo desagradable, pero tan concreto que hasta podía existir por fuera de él, como sus zapatos o su ropa. Así y todo, no pudo contenerse: citó a esa escritora francesa, bisexual en el mil novecientos. Él dijo que esa era otra imbécil. ¿Pero vos la leíste? No, él no necesitaba leerla para saber que era una imbécil. Imbécil y mediocre como tu ex, y como ese amigo tuyo, el muerto. De ahí a lo otro —cosas rotas, insultos, valija por la escalera—, había solo un paso.

Desde abajo del edredón, Iván le pidió que cerrara la cortina; su voz se hundía en las almohadas.

—Male, vos sos mía, ¿no?

Ella le dijo que sí y caminó hasta la ventana.

—Nunca nos vamos a separar porque sos mía, ¿no?

Ella se detuvo un momento, antes de cerrar la cortina, y miró hacia afuera. Otra vez el cielo tenía ese resplandor sucio de los inviernos del norte.

—Nieva —dijo, y se quedó ahí, de espaldas a él, buscando con la mirada los copos débiles que solo se veían a contraluz, bajo los focos de la calle.

*

Una iglesia en una plaza de una ciudad de provincia. Una plaza como tantas en el sur. En el norte del sur, debería decir. Es que ahora ya no viven en Europa, ni siquiera viven juntos. Cinco meses intentando separarse para llegar a esto. Malena está en la terraza de un bar, la noche instalada ya, las estrellas arremolinadas tras la torre de la iglesia, y tal vez por eso piense en la nieve. Porque la nieve mansa de las noches sin viento no cae, sino que parece surgir del aire y quedar suspendida igual que esas estrellas de verano.

¿La había mirado raro el mozo cuando le tomó el pedido? Raro, ¿con pena? Una mujer con la mano vendada, el brazo amoratado. ¿La había mirado por eso o simplemente porque era una mujer que tomaba cerveza sola? De las mesas vecinas se escapaban risas, alguien hablaba sobre un partido de fútbol. De vez en cuando pasaba un grupo apurado con vinchas de plumas y tambores. Un auto negro estacionó al frente y de él bajaron tres novias. Dos con un vestido blanco tan inflado y barroco como las molduras de la iglesia; la tercera con un vestido lila. Lila el vestido, lila la tiara, lilas los zapatos forrados de raso. Un chárter de novias, pensó. No le daban envidia, tampoco le daban pena. Sí se dio cuenta de que estaba pensando *para qué*. ¿Para qué todo? Pero tal vez solo fuera un pensamiento dirigido a los zapatos de taco y a esos vestidos feos, probablemente alquilados, a ese despilfarro en fotógrafos y sueños. Miró su plato manchado de salsa blanca. La etiqueta de la botella se había humedecido y pudo arrancarla entera. Quería pedir otra cerveza pero le daba miedo la mirada del mozo. También le dolía el brazo, ahí donde Iván la había agarrado para arrastrarla fuera de la casa. Siempre le sorprendían los moretones; casi podía decir que le fascinaban. En el momento no sentía dolor. Humillación, sí, impotencia, también, pero no dolor. Después se sorprendía al verlos tan grandes: la sangre acumulada debajo de la piel como los paisajes de la luna.

Otra vez se estaba mirando de afuera. En los peores momentos, tenía la sensación de que la vida era una especie de videojuego. No una película con un guion demasiado elaborado, sino un Pacman, algo absurdo que se manejaba con una palanquita y cuatro botones. La novia de lila estaba recostada contra un farol. El fotógrafo le decía: «¡Más sonrisa, más sonrisa!». ¿Cuántas cerecitas habría comido ya? ¿Cuántas vidas le quedaban?

Un niño se acercó a su mesa y le mostró algo, una tela. Ella se sobresaltó; se había quedado absorta mirando las latas que colgaban del guardabarros de la limusina, latas de arvejas sin etiqueta, comunes y corrientes, ahora mudas sobre los adoquines. No oyó lo que él dijo, pero hizo un gesto automático de rechazo, no al niño con el pelo que le caía sobre los ojos o a lo que él tuviera para vender, sino a una imagen de sí misma. A mil kilómetros de su casa, mirando novias frente a una iglesia, machucada, y hasta con vergüenza de llamar al mozo, los últimos ahorros gastados en un coche cama, un hostal sucio y las empanadas más caras de la ciudad. Así era: un impulso, un solo momento de estupidez, y *game over*.

¿Qué le había dicho el niño? «Andá a cantarle a tu abuela», eso es lo primero que entendió. Él se había alejado un poco y la miraba, medio inclinado sobre una mesa vacía, esperando la respuesta, con una expresión que ella interpretó de desprecio. ¿O le había dicho «la concha de tu abuela»?

—¿Qué dijiste? —le preguntó.

—Que las hace mi abuela.

Hacía apenas tres horas había arriesgado la vida en una moto manejada por un loco sin casco que gritaba contra el viento: «Hija de puta, te odio, ¡nos vamos a matar!». A ese loco, una vez, ella lo había querido, y una vez hasta lo salvó de morir de hipotermia en un balcón, le calentó la espalda con el secador para aliviarle las contracturas, le calculó la hora de los remedios. En la moto, el viento caliente arrastraba las palabras como granizo; ella rezó el avemaría, los guiones de la ruta se disparaban junto a las ruedas en una línea continua, un camión con zorra les tocó bocina. «Más despacio», dijo ella, y se agarró con fuerza a su cintura. Y él: «Callate, hija de puta. ¿A qué viniste? ¿A cagarme la vida?». Incluso en el final, él se había tomado el tiempo de ensayar el viejo ritual de la caballerosidad. Le dio el casco a ella cuando la obligó a subirse a la moto con la mochila en la espalda y el bolso entre las piernas, para dejarla en una parada de micros sobre la ruta. ¿Y todo para qué? ¿Para temerle a un niño de siete años con una colcha de hilo en la mano?

—A ver, vení —le dijo—, mostrame.

Él se acercó; dijo que tenía con otros dibujos.

—Es muy linda, esta. Mostrame las otras.

Él las fue desplegando una a una. Lo hizo con ilusión, como si no supiera lo que iba a encontrar adentro, como si cada manta fuera una galera de la que podría salir algo mágico. «Mariposa, flores», dijo él bajito.

—También hay una de un panda.

Ella le preguntó si no iba esa noche al carnaval. Él dijo que no, que nunca iba al corso. Le habló de sus hermanos que lo esperaban en la plaza, quiso saber cuándo volvía ella a Buenos Aires y cuántas horas tardaría el viaje. A lo lejos sonaban los tambores de otra tierra. Al final ella dijo: «Me llevo la de flores».

—Es para el viaje, ¿sabés?

Él asintió:

—Así viaja calentita.

Malena pagó y ni se le ocurrió regatearle el precio. Acababa de decidir que compraría todo lo que le ofrecieran de ahí hasta que tomara el bus de regreso la tarde siguiente. De todos modos ya no tenía nada: ni computadora ni ahorros ni muchas otras cosas que se fueron quebrando en los últimos años. Y quería tener menos. Quería llegar al fondo de ese asunto. Iba a gastarse todo lo que le quedaba —incluso el almuerzo y el alquiler de la toalla— en regalos. *Regalos,* y ahí recordó la bota, la pelea, la nieve. No era la colcha de flores lo que le interesaba, sino la forma amable en que los ojos del niño la tocaron. «Gracias», dijo ella, y él pareció entender algo, porque todavía le ofreció un momento más, dejó que lo ayudara a doblar las mantas, cada uno agarrando dos puntas y juntándose en el medio como en la danza de los pañuelos.

Las novias se habían ido; no las vio entrar al coche ni oyó las latas en los adoquines. La luna alta ocultaba las estrellas. Sobre la mesa del bar se fueron acumulando algunas cosas más: una estampita de la Virgen de los Milagros, una cuchara de algarrobo, una bolsa de caramelos, un cactus hecho de fósforos, una bombilla. El bar estaba cerrando. Llamó al mozo y pidió la cuenta. Mientras le cobraba, el mozo le dijo que era una linda noche.

—Sí, preciosa.

Antes de volver al hostal, Malena se sentó en un banco de la plaza. En el mismo banco, dos amigas hablaban sobre una tercera que acababa de mandarles un mensaje de texto. No quiso mirarlas abiertamente pero sabía que eran muy jóvenes. Les faltaba poco para ser una de esas novias de lila, y tal vez hasta alquilaran juntas el chárter del fotógrafo.

—La culpa es de ella —dijo una—. Se la chuponeó toda, y ella lo dejó. Ahora que no llore.

—Igual, ¿qué le importa? —respondió la otra—. Si al tipo no lo va a ver más.

Por un momento delirante, un momento de videojuego, Malena consideró la posibilidad de que ese tipo fuera Iván. Miró las piernas bronceadas de una de las muchachas, la que tenía la minifalda, y se preguntó si Iván podría acostarse con ella. La interrumpió una mujer que vendía medias artesanales. Casi no intercambiaron palabra, pero le compró un par de medias gruesas de alpaca.

Volvió caminando al hostal. Era sábado y ya no quedaba nadie excepto dos chicas que se estaban maquillando frente a un espejo portátil. Las dos revolvían dentro del mismo neceser lleno de pinturas rotas. Que estaban rotas Malena lo sabía sin necesidad de mirar adentro, solo porque veía el plástico sucio de sombra gris y brillantina. Desde su cama podía oler la sombra hecha picadillo, el labial de Maybelline y el agua de colonia.

No se preocupó por guardar la computadora bajo llave, igual estaba rota; en la mochila se veía la huella del zapato de Iván y unas manchas de pasto. Ella estaba sucia y se sentía sucia, pero le faltaban los dos pesos para la toalla y de todos modos no quería mojar la venda. Después de comprar las medias, el último cambio se lo dio a un cuidacoches. Solo le quedaba un peso veinte para el colectivo desde Retiro hasta su casa, pero tenía la sensación de que, recién ahora, podría empezar a tener algo.

Antes de acostarse miró el correo en la computadora del hall. Cinco mensajes nuevos. Todos de Iván. El último recibido a las 00:37.

*

Pasó una noche mala, sin poder dormir sobre el lado derecho, su lado. Cada vez que giraba en el sueño, pegaba un salto de dolor. Había pensado dormir hasta tarde pero a las siete ya empezaron a levantarse los demás: puertas que se golpeaban, conversaciones, armado de bolsos. A las nueve se levantó a desayunar. Lo último que quería era verle la cara a un grupo de adolescentes mochileros trasnochados, con sus ojeras de fiesta y alcohol y ese cansancio blancuzco que es el resultado de la alegría. Se sentía cien años más vieja que ellos, y se habría ido a desayunar a otra parte si no fuera porque solo le quedaba un peso veinte.

Café con leche y dos medialunas con manteca y mermelada. Comió con la vista perdida en el patio donde había un futbolito y unas cuerdas de colgar ropa. No se puso los lentes de contacto sino sus anteojos viejos, torcidos de tanto habérseles sentado encima. Tenía el pelo recogido de cualquier manera, un moño que se hizo al despertar, sin siquiera mirarse al espejo; tampoco se lavó la cara y se sentía transpirada. No debía de ser un gran espectáculo, pero igual notó que alguien la miraba. En la mesa de enfrente, en diagonal, un morocho de bermudas verdes y pinta de G. I. Joe no le sacaba los ojos encima.

—¿Qué te pasó en la mano? —le preguntó, serio, la cara totalmente limpia, el pelo perfecto con gel. Si había bailado hasta las seis de la mañana, nadie podría notarlo. Se lo veía fresco, por completo despabilado. ¿No podía dejarla en paz? Le daba fastidio hablar en el desayuno.

—Estupidez —dijo ella.

Esperó un poco, tomó otro sorbo de café, lo miró.

—Atravesé un vidrio con la mano. Fue sin querer.

Lo que de verdad había querido fue empujar la ventana que daba al escritorio de Iván y arrasar con todo lo que hubiera encima. Lo que de verdad quería era convertirse en Iván, romper por fin, romperse: abandonar cualquier intento de cordura. Solo que calculó mal y su mano atravesó el vidrio sin esfuerzo, como si se hundiera en el agua.

—Ni siquiera lo sentí —le dijo al extraño.

Él no dudó. Había algo incisivo y terrenal en su aplomo, en su forma de pronunciar las palabras.

—Tan enojada estabas.

Ella sonrió, también sin querer, y esa risa improbable fue como un hilo que le tiró de la lengua y que le hizo decir, por primera vez, la verdad. Las palabras exactas no las recuerda. Solo la expresión de ese desconocido y la manera en que enarcó las cejas. Tamaña confesión para escuchar a las nueve de la mañana en un hostal de mochileros. Y ella cree, *cree,* que incluso llegó a contarle lo que Iván le dijo una vez: «Yo nunca te pegué con el puño cerrado».

Se quedaron un rato conversando. Él tenía que dejar el hostal, salía en dos horas para Humahuaca, pero ella le pidió que esperara; quería mostrarle los regalos que compró la noche anterior. Fue rápido a su habitación, sacó la bolsa de la mochila y al volver desparramó los regalos sobre la mesa. «¿Todo eso compraste?», dijo él. Se rieron.

—Te regalo las medias. Para que te acuerdes de mí en la montaña.

Él se fue a buscar sus cosas y regresó cargando una mochila gigante, casi de su misma altura. Malena lo abrazó torpemente, por encima de las correas y las cantimploras colgantes. Le hizo adiós con la mano hasta que el último trozo de mochila desapareció por la puerta. La sala fue quedando vacía, pero ella esperó a estar sola antes de sentarse frente a la computadora y mirar el correo. Un nuevo mensaje. De Iván. «¿No ves que este odio es la medida de mi amor?». Recibido a las 4:23 a. m.

Cerró el correo enseguida pero no se levantó de la silla. La bolsa con los regalos, menos las medias, había quedado sobre la mesa donde desayunaron. Ni siquiera era mediodía, pero el sol ya entraba con fuerza al rectángulo del patio interno y las paredes encaladas resplandecían. Al mirar hacia ahí vio algo que caía del cielo. Lento, blanco, liviano. ¿Y eso? Salió al patio, y entre las cuerdas sin ropa, miró hacia arriba, al cielo brillante y sin nubes. Una lluvia de polvo, una lluvia seca. Barrió el piso con el pie y el zapato dejó una huella alargada.

—Ceniza —dijo, y tuvo ganas de contárselo a alguien.

Miró alrededor, miró con asombro las habitaciones vacías. Después abrió los brazos, esperó. Dejó que las motas blancas se fueran depositando suavemente sobre sus hombros desnudos.

Caza nocturna

Él acaba de decirle que la quiere. No recién, sino hace un rato. Ahora Cristian duerme, tiene un brazo extendido donde Katia apoya la cabeza. Por la celosía entra el resplandor amarillo del farol del patio. Ella no tiene sueño y tampoco quiere dormirse. Gira apenas, para que él no se despierte, y le huele el brazo. Ahí está todo él, o todo lo que sabe de él, que es lo mismo. Tal vez tenga un perro. Tal vez pegue fotos en la pared de su cuarto. Puede que tenga un almanaque de mujeres desnudas sobre el escritorio o un mapa con alfileres en las ciudades que ha visitado. Toma el café sin azúcar, eso sí sabe, no le gusta el perfume. La semana anterior Katia le exprimió naranjas y le preparó el desayuno; ahora él le dice que la quiere.

Pero hay algo más, algo que no se le escapó durante la cena: él dijo que su madre *también* exprimía naranjas. ¿Era por eso que la quería? ¿O por la mano vendada, cuando se conocieron en el norte? Cómo intentó suicidarse tu madre, pensó Katia. Él estaba agitándose, movía los pies, gemía como si lo estuvieran electrocutando. «Está todo bien», le dijo ella en voz baja. Ya no hacía eso de ponerle una mano en el hombro porque solo lo asustaba más. La semana anterior él pegó un salto y se incorporó en la cama, ciego, sordo, buscando en todas direcciones al monstruo o al ladrón.

Si entrecerraba los ojos Katia podía imaginar que el farol era la luna, una luna baja y amarilla que se derramaba sobre el desierto. Intentó coordinar sus respiraciones, pero él tenía una respiración lenta y larga, de deportista, mientras que la de ella era entrecortada y nerviosa. Movió la cabeza para olerle otra vez el codo, para asegurarse de que era real y no una sombra de luna. A él debía de dolerle el brazo, pero cumplía firme su rol ancestral de hombre almohada. Y ella ¿lo quería a él? Lo quería, sí, tanto como se puede querer a un desconocido. No sabía su dirección, tampoco exactamente dónde trabajaba, no tenían ningún amigo en común. Debían de haberse visto diez veces, contando la mañana que se conocieron en el hostal. Cuando Katia lo llamaba, él le hablaba de un modo neutro, sin género ni datos biográficos: «¿Cómo estás? ¿Qué se cuenta?». Por un momento se preguntó si no lo querría por venganza, por el puro placer de querer a otro. Cerró los ojos, y al volver a abrirlos miró el resplandor del patio y le alivió descubrir que en poco tiempo ni siquiera recordaría la existencia del farol, solo vería la luna brillando detrás de la persiana.

La quietud le hacía picar el cuerpo. Se tocó la ceja, donde tenía la cicatriz del quiste y el tirón de electricidad le corrió hasta la sien. Recordó cómo había terminado desnuda bajo una bata verde, con esa especie de gorra de baño en la cabeza y los zapatones haciendo juego. «Pero si solo van a sacarme un quiste de la ceja». ¿Era necesario? El enfermero la miró perplejo; ni siquiera parapareció entender la pregunta. Ella podía caminar, pero el enfermero le ordenó que se subiera a la camilla. La bata apenas alcanzaba a taparle las partes y la camilla chirriaba por los pasillos del hospital. Vio pasar las luces fluorescentes en el techo hasta que entraron a un gran ascensor y notó cómo los otros pasajeros la miraban con pena, o con alivio. Era solo un quiste, pero esos pacientes, aún sanos, se aferraban con infinita esperanza a sus hojas de resultados, a sus frasquitos de orina: todavía no, todavía no estaban tan mal como esa muchacha operada, agónica, desnuda bajo la bata verde. Y solo un perverso le habría mirado con deseo las piernas, la piel que quedaba al descubierto a los costados, donde la bata se cerraba con dos minúsculas moñitas.

Cuando llegaron al quirófano, cuatro enfermeros la levantaron a la cuenta de tres y la pasaron a una camilla estéril. Los enfermeros la miraban como a una res a punto de ser carneada, y en pocos minutos ya estaba bajo las manos del cirujano que pedía ayuda para mantener el ojo cerrado. «¿Me sostenés acá, Sarita?», dijo el médico. El ruido del bisturí eléctrico retumbaba en el quirófano perfectamente helado, y no era el olor a carne quemada, su propia carne, lo que más la afectaba, ni siquiera el hecho de que los enfermeros hablaran de Menem —del helicóptero estrellado— mientras el cirujano escarbaba con fuerza para que ningún rastro de infección, ninguna célula infecta, quedara bajo la piel, sino el hecho de estar desnuda en esa bata verde, desnuda por un simple quiste en la ceja.

Trató de dormirse, pero ya no podía. Las palabras de él —ese «te quiero» dicho así, molesto, casi en contra de su voluntad— ahora le sonaban como un chasquido, un tintinear apenas audible detrás de una constatación mucho más potente: no lo conocía. Lo del intento de suicidio de la madre se le había escapado. Tal vez porque estaban en una ciudad lejana y él pensó que no volvería a verla. Katia se quedó mirándolo sin expresión, igual que si acabara de darle una receta para un estofado. No le dijo que su padre había saltado de un muelle con treinta somníferos en el estómago. Lo encontraron encallado entre las rocas, y el mismo tipo que llamó a la ambulancia probablemente le robó el reloj.

Lo del quiste pasó muchos años después. El padre de Katia era médico y fue él quien la encomendó a un colega que no se había jubilado. «No me le dejes mucha cicatriz», le dijo su padre al otro cirujano, el del bisturí eléctrico, cuando la acompañó a la consulta. En ningún momento le advirtió a Katia que tendría que desnudarse, y ahora pensaba por primera vez en eso: que su padre vería a diario mujeres desnudas bajo esas mismas batas verdes.

Katia levantó la cabeza y Cristian aprovechó para sacar el brazo y darse vuelta. Resopló muy suave, como un animal pesado y estable. Ella buscó con los ojos la silla donde él colgaba la ropa. Se paró despacio y el parqué soltó un crujido. Pensó que solo iría a tomar agua, pero no era cierto, sabía bien que iba a revisarle los bolsillos. En menos de un minuto ya tenía la billetera de él en la mano y no quedaba nada, ni siquiera el recuerdo, de la calma satisfecha de hacía un rato.

Atravesó el patio en dirección de la cocina a toda velocidad. No tenía frío pero se imaginó que alguien la miraba desde las ventanas oscuras del edificio de al lado. Una mujer enmarcada en el resplandor de un patio lleno de cactus; los bichos volando alrededor del farol como satélites de una luna artificial que ahora le jugaba en contra. Tuvo que alejar la imagen de sí misma revisando como loca los cajones de su ex, buscando pruebas, droga, cartas, viagra, sobres de preservativos. Ni bien él cerraba la puerta, ella ya estaba en su estudio, abriendo cajones, pensando dónde escondería él las cosas si tuviera algo que esconder: arriba del armario, entre los libros, adentro de las cajas de cassettes. Y más de una vez había encontrado lo que buscaba. Todo el mundo mentía, hasta ella. Si se revisaba lo suficiente, todo el mundo era culpable.

Dejó la billetera de Cristian sobre la mesada, escondida detrás de la tostadora, y sacó el jarrón de agua por las dudas de que él apareciera. A las apuradas revisó la billetera: documento, tarjetas de crédito, plata, la foto de un labrador amarillo. Era Pérez nomás, en eso no le había mentido, pero ahora estaba segura de que había otra cosa, una verdad más profunda que ella debía descubrir de inmediato. Su vida pendía de la punta de esa verdad como un suicida arrepentido que pataleaba en el extremo de una soga.

Volvió al cuarto. Cristian dormía, pero su sueño parecía frágil, el de un centinela o un soldado en constante guardia. Metió la billetera en el pantalón y subió al estudio. Prendió la computadora y el ruido despertó a Faustina, que levantó la cabeza y la miró. Él odiaba a los gatos y eso no podía ser bueno. ¿Cómo no adorar a Faustina, la gata-perro, la gata-delfín? Por suerte Cecilia estaba conectada al chat. «Estás?», escribió, pero antes de que Cecilia contestara, ya había escrito un párrafo entero: que Cristian dormía, que ella se había desvelado, que le había dicho que la quería («de *motu proprio*», escribió): él, él, él, le había dicho que la quería. «Se le escapó, en realidad. Se le escapó de la boca». Cecilia quiso saber qué le había respondido ella. Nada, no le había respondido nada. Le contó lo de la billetera, que de pronto se había dado cuenta de que no lo conocía. En mayúscula escribió: «NO LO CONOZCO». Cecilia le dijo que estaba loca y que se dejara de joder. «No pienses», le dijo, «disfrutá».

Cecilia se desconectó del chat y en la lista solo quedó Ariel. Ella dudó. Si hablaba con Ariel tendría que ser profunda, extrapolar su problema hacia algo universal: cómo nadie conoce a nadie, cómo todo es ilusión. Ariel iba a aplastarla con su lógica del desapego; la haría sentir ridícula en menos de cinco minutos. Pero Ariel era el único en el chat. Las veinticuatro horas, Ariel estaba ahí, trabajando, ojeroso, agotado, funcionando a base de café y de un estoicismo que ella envidiaba. «¿Estás?», escribió. (Con Ariel siempre usaba los dos signos de puntuación). Ariel estaba. Le preguntó si creía que era posible querer a alguien sin conocerlo en lo más mínimo. Ariel dijo que se podía querer lo que uno proyectaba. «El propio deseo», dijo, y agregó: «Supongo...». «La ilusión», escribió ella, y pensó que siempre llegaban a lo mismo.

Las tres de la mañana y Ariel traducía un artículo sobre la pesca del bacalao en el ártico de Canadá, pero Katia le contó igual lo de las pesadillas, que por las noches Cristian se agitaba, temblaba como un condenado, y ella no sabía con qué soñaba él. Ni eso sabía. «¿Sabés lo que es un *serial lover*?», le preguntó a Ariel. Un *serial lover* era alguien que conocía a la perfección qué botones apretar para enamorar al otro, un amante perfecto por lo neutro, una *tabula rasa* del amor, pero que en definitiva no quería a nadie; el espejo de cualquiera menos de sí mismo. Pero no tuvo tiempo de explicárselo a Ariel, porque Faustina había saltado a la mesa de la computadora y maullaba para que le hiciera lugar en la falda. Entonces Katia se dio cuenta de que estaba desnuda y sintió vergüenza de estar hablando con Ariel así. Hasta le pareció que Ariel podía verla a través de la pantalla. «Mañana te explico», escribió rápido, y antes de apagar la computadora hizo una búsqueda en Google. Doscientos veintiocho mil resultados. ¿A quién se le ocurría investigar a un Cristian Pérez?

Salió del estudio por la puerta que daba al patio y vio los cactus con sus brazos levantados en eterno asombro. Subió la escalera de la terraza despacio; se obligó a soportar el frío de la baldosa, la viscosidad de las hojas muertas y encharcadas en los escalones que ella misma había regado. Se obligó a soportar el aire en la piel, el peso de sus pechos sostenidos por los hilos finos de las estrías. En la terraza, la hamaca paraguaya se balanceaba apenas. Estaría húmeda; otra vez había olvidado sacarla antes de que se hiciera de noche. Se apoyó con las manos en la baranda y miró los pocos rectángulos iluminados en los edificios.

Katia no se enteró del intento de suicidio de su padre hasta diez años después. Su madre se lo contó así como así, en una parada de micro. No se ahorró ningún detalle. «Pensé que sabías», dijo, y se encogió de hombros. Katia no recordaba nada excepto el robo del reloj. Para entonces hacía varios años que sus padres no cenaban ni compartían ninguna instancia familiar. «Incompatibilidad química», decía su padre, «Cuando tu madre y yo estamos en la misma sala, uno de los dos se convierte en un gas tóxico». La última vez que los había visto juntos fue cuando los sorprendió teniendo sexo. Hacía por lo menos cuatro años que estaban divorciados y dos desde que su padre vivía con otra mujer. Katia tendría doce o trece, no más. Había ido a un cumpleaños en el barrio; su padre la llevó en el auto y le avisó que la recogería a las diez. Tal vez llegaron demasiado temprano o el timbre no funcionaba, porque nadie le abrió. Esperó un rato junto a la puerta, y luego volvió a su casa caminando. Como no oyó ningún ruido pensó que estaba sola y entró al cuarto de su madre. No los vio haciendo nada, solo el cuarto en penumbras, a su madre en la cama y a su padre corriendo hacia la puerta —una sombra sin ropa, algo apenas bamboleante en la mitad inferior del cuerpo—. «¡Katia!», dijo él, y cerró de un portazo. Ella salió de la casa y se quedó hasta la noche dando vueltas en el parque. Nadie en la familia volvió a hablar del asunto. Ella tampoco se lo contó a su hermano, ni siquiera cuando la segunda esposa de su padre murió de manera inesperada.

Ya no quedaba ninguna luz encendida en el edificio vecino. Por un momento Katia olvidó las miradas ajenas; levantó los brazos y los agitó como una bailaora desquiciada. Lo que sí le irritaba era el farol. Le daba asco la masa de bichos posados en la pared, el ruido seco que hacían al darse contra la lámpara, y deseó con rabia, con infinito odio, que el cielo se abriera y se llenara de lunas. Recordó también otra noche, en una cabaña alquilada con su ex, cuando les tocaron la puerta a las viejas de al lado para pedir prestado un sacacorchos, mientras Gastón fingía no hablar español. Ella también había fingido ser otra; se inventaba profesiones en las hojitas migratorias de los aeropuertos y más de una vez había evitado a los vendedores de Greenpeace con un enfático *«Je ne comprends pas»*. Ella —la ella que era a veces— no quería salvar el Ártico ni las ballenas.

La noche de la cabaña terminó mal. Después de acabarse el vino, Gastón decidió que debían tomar una última copa y salieron en busca de un bar abierto. Gastón cantaba, eufórico, pero un rato después, mientras caminaban por las calles desoladas, tuvo miedo. Le pareció que algo crujía, lo que era cierto porque caminaban sobre el ripio. Pero no, no era eso. «En los árboles», dijo, «Crujen. ¿No oís?». Por suerte encontraron una cantina que se llamaba Berna, decorada con fotos de los Alpes suizos. Gastón pidió un whisky y lo tomó a tal velocidad que el dueño no tuvo tiempo de poner la botella en su sitio. Como el viejo lo miraba con mala cara, Gastón pidió la botella entera. El dueño se negó y Gastón dijo que pagaría el doble de lo que costara cada vaso, que solo le diera la puta botella. El dueño amenazó con llamar a la comisaría. Gastón intentó romper los vasos que se alineaban en el mostrador, mientras Katia forcejeaba con él y lo empujaba hacia afuera. «Llamá a tu puto comisario de tu puto pueblo suizo», gritó Gastón desde la puerta. En el camino, bajo la vía láctea despampanante, también le gritó a ella: «¿Quién sos?». La miró espantado: «¡No me toqués!», pero cuando llegaron a la casa se dejó abrazar y terminó llorando sobre su falda:

—Vos tampoco me ves —le dijo—. Nadie me ve.

Katia bajó la escalera, decidida, pero antes de volver al cuarto apagó el farol del patio. Si algo escondía él, debía estar en el teléfono, en ese celular que por las noches dejaba sobre la mesa de luz. El cuarto tenía el olor de ellos; el aire viciado y caluroso. Katia intentó rodear la cama y el piso crujió bajo sus pies sucios. Sin el farol no se veía nada, apenas el filo luminoso del teléfono cerrado sobre la mesita. Cristian respiraba sin ruido. Lo mejor sería estirarse sobre él, fingir que iba a prender la portátil o mirar la hora en el teléfono. ¿Sonarían las teclas? Se arrodilló en su lado de la cama y extendió el brazo lentamente, milímetro a milímetro, sobre el cuerpo de él, el mismo cuerpo que hacía un rato le regalaba el olvido y ahora no era más que un bulto, un obstáculo. Qué raro, pensó, sin dejar de estirarse, sin dejar de avanzar hacia la luz fluorescente que la guiaba, pero no completó el pensamiento sino hasta el día siguiente cuando estuvo sola: qué raro que el deseo estuviese fuera de él, fuera, incluso, de ella misma. «No me le dejes mucha cicatriz», había dicho su padre, como si fuera posible. La mano de Katia casi tocaba el teléfono; lo cubría con una sombra más oscura que el resto de las sombras. Se vio agarrando el celular, sintió el peso en la mano, anticipó el calor de la batería en la palma húmeda. Hasta lo iba escribiendo en la cabeza, como si Cecilia estuviera ahí, detrás de la pantalla, riéndose a carcajadas mudas: «Y entoncesssss??».

Entonces un maullido sonó en lo alto de la escalera. ¡Faustina! Cristian volvió a quejarse y Katia imaginó el maullido penetrando la mente de él, desgarrando las redes del sueño como una malla de nailon. No quería moverse; tenía terror de que los resortes sonaran. Como una estatua en posición de paloma, una rodilla en la cama, una pierna extendida hacia atrás, un brazo tenso buscando el equilibrio, Katia esperó que el eco del maullido se disolviera. Los ojos verdes de Faustina brillaban y esa mirada animal e insolente, que desconocía la oscuridad, la hizo sentir más expuesta que mil enfermeros y mil ventanas juntas.

—¿Qué pasa? —dijo Cristian.

La voz le llegó de golpe, ronca y desorientada. Katia flexionó el brazo y depositó la mano sobre el pecho de él.

—Pasa que estabas teniendo pesadillas otra vez —dijo, sin el más mínimo titubeo—. ¿Con qué soñabas? ¿Con un *serial killer*?

Él le agarró la mano y la atrajo para que acomodara la cabeza sobre su hombro:

—¿Y qué estaba diciendo, a ver?

—Mejor que ni te enteres… —El pulso se le aceleró un poco, pero alcanzó a pensar qué bien estaba ahí, separada de sí misma por el calor húmedo de otro cuerpo—. Ahora conozco todos tus secretos.

Él se rio. Por un segundo se quedó dormido, los músculos le temblaron y ese mismo espasmo alcanzó a despertarlo:

—Qué oscuro —dijo—, no te veo.

Ella sintió una presión calma y tibia cuando Faustina saltó a la cama y se acomodó sobre sus pies.

N Astoria-Ditmars

Más de una vez, dice, se pregunta por qué los subtes viajan tan lento de madrugada. Quizá la corriente eléctrica sea distinta a esa hora, menor caudal (aunque ella no sabe nada de electricidad, nunca entendió el funcionamiento de una bombita o de un teléfono. Es —dice— como una niña o un animal en todo lo científico). O quizás sea por culpa de la noche, que contagia al resto de las cosas con su lentitud, no solo el cuerpo y los pensamientos de ella, sino también lo otro: el vagón de metal, las ruedas que no son ruedas sino discos filosos y estáticos, como máquinas de cortar jamón. ¿Cómo se desliza el subte sobre los rieles? (Otra cosa que no sabe). Lo que sí sabe es que a las cinco de la mañana, después de cerrar el bar, contar la propina y tomarse el tequila del estribo, en el vagón de la línea N solo viajan unos adolescentes borrachos y algunos vagabundos con sus bolsas a cuestas. Los vagabundos van en las esquinas, en el asiento más alejado al resto del mundo. Dice «resto del mundo» y mira el vaso firme entre las manos. Hay algo en esos extremos del vagón que se fuga un poco más rápido, como las últimas galaxias. Ella lo llama «el asiento de los *homeless*» y siempre lo elige cuando está vacío. Le da un poco de impresión, la verdad. Sospecha que los asientos de los subtes nunca se lavan, al menos ella nunca vio a nadie pasando un trapo o rociándolos con espray, pero igual los elige. Es una parte arcaica de su ser latinoamericano que la impulsa a elegirlos. Dice esto y se ríe; intenta esconder una especie de orgullo. Lo único que realmente le asusta son las chinches, llevarse en la ropa una chinche imperceptible que colonizará sus cobijas, su colchón y luego la casa entera. Que ella sepa, los *bedbugs* son el terror de los neoyorquinos. Más que las violaciones, más que los ataques terroristas. Porque las chinches pueden pasar hasta un año sin alimentarse, a la espera, agazapadas en una rendija, en un orificio minúsculo del parqué. No hay nada humanamente posible que ella pueda hacer ante una invasión de chinches, me dice, y después está lo otro: las reacciones psicosomáticas, la picazón irracional en las piernas, las noches de insomnio (analizar el colchón con una linterna, echar veneno a los pies de la cama y luego sentir que el veneno le ha penetrado la piel y corre —ya imparable— dentro del cuerpo). Como sea, a ella le gusta ese asiento y nunca se levanta cuando un vagón apesta a mugre y a orina. Una vez, incluso, se sentó al lado de un vagabundo porque era el único asiento libre. Los demás pasajeros iban parados, haciendo un vacío alrededor del hombre que dormía con la cabeza hacia adelante. Tenía el pelo endurecido, una franja negra alrededor de las uñas de los pies y el talón blanco lleno de grietas. El olor no la intimidó; pensó que su padre nunca se habría levantado de ese asiento. Aguantó —tan inmóvil como imaginaba a su padre durante los mil cuatrocientos sesenta días que estuvo preso—, tratando de no tocar al hombre por miedo a las chinches, solo por eso, y fingió ignorar los ojos aterrados de los demás hasta que el tren salió del túnel, se elevó por las vías de Astoria y llegó a Queensboro Plaza.

Ahora que empezó la primavera hay menos vagabundos en los trenes, dice. La primavera está aquí pero ella no la ha visto, o más bien, la primavera no la ha visto a ella. Cuando sale de su casa ya es de noche, cuando vuelve el amanecer se dilata, todavía hiela. Al pasar sobre el puente Queensboro mira hacia afuera sin interés. No es que haya perdido el asombro, lo espléndido y agresivo de una ciudad vertical, hecha de espejos, solo que esa belleza se ha vuelto predecible, un cliché de alienación urbana. Prefiere, entonces, mirar a los demás, especular si la cara de esa mujer que duerme en el asiento de enfrente tiene una expresión «soñadora» o si es simplemente una cara dormida, cerrada e inaccesible como una almeja. Estoy de paso por la primavera, dice, y en mi imaginación la veo atravesar una cortina de cuentas o de tiras de plástico; oigo el ruido a hojas nuevas que hacen las tiras al rozarla.

La esquizofrenia climática de la ciudad ya no le afecta. Una se acostumbra a ella como a los achaques de una tía vieja: con paciencia, con la amabilidad resentida de los compasivos. La belleza aquí es explícita, dice. Las flores no florecen, son trasplantadas de un día para el otro por jardineros nocturnos. Los tulipanes te echan toda su belleza en la cara, nacen adultos, explotan de color como si… ¿Como si qué? Como si nada. Y están también los mangos y las papayas en las fruterías, exhibiendo su existencia inaudita, su condición global, espárragos, sandías y hasta vegetales que ella nunca oyó nombrar, como la radicheta o la borraja. Todo eso, dice, más las piernas de las mujeres. Quién pudiera tener unas piernas así. (Gira en el asiento y busca, pero no hay ninguna de esas hoy, ninguna rubia en short y tacos aguja). Son sus genes nórdicos; las piernas recuerdan que han trabajado la tierra. Sanas y funcionales. Si ella pudiera trasplantarse a algún lado, ¿a cuál sería? Echo raíces en cualquier parte, dice, pero cuando lo piensa mejor, cuando hace una pausa para mirar el vaso otra vez vacío, le asusta darse cuenta de que no sabe. Tal vez los trenes le fascinen por eso, por lo previsible de su recorrido. Mirar el mapa del subte le da seguridad, pero en sus días libres como hoy, prefiere quedarse en Astoria, no viajar en un tren lento, o peor, enlentecido por la noche.

Cuando a su padre lo soltaron de la cárcel, se exiliaron en México, pero ahí, dice, su padre estaba fuera de lugar. Se fue volviendo callado, no necesariamente triste, sino callado, como si intentara compensar por la estridencia de su altura, como si le avergonzara ocupar tanto espacio en un país que no era el suyo. En México vivían cerca de una fábrica, aunque nadie en la familia la llamaba así. Decían, en cambio, «parque industrial». El parque echaba un olor constante a caucho o a plástico quemado y ese olor impregnaba la casa y también la ropa de su padre, que trabajaba como contable en las oficinas. Por qué él nunca quiso volver a Uruguay es algo que ella no sabe. Nunca lo sabrá, dice. Los amigos de aquella época, otros exiliados, de a poco se fueron yendo a sus países o a otras ciudades, y algo similar pasó con los amigos de ella en Nueva York. A más de uno lo despidió en la entrada del subte, con sus maletas, mochilas, mantas y almohadas bajo el brazo. Les hizo adiós hasta que fueron tragados por esas alcantarillas humeantes. Ella supone que no se necesitan razones para irse, pero tampoco —dice— se necesitan razones para quedarse. La manera de acostumbrarte a tanta pérdida es renunciando de antemano, dice, y yo agito la cabeza, pienso: se está poniendo mística. Ahora prefiere hablar con personas a las que tal vez no vuelva a ver o a las que solo verá protegida por esa ficción que crea la barra entre ellos. La última imagen que tiene de su padre es la de él acostado en el suelo, ajustando los tornillos de una mesa. Nunca estarse quieto, una lección que trajo de la cárcel. A ella le pareció que tarareaba, dice, pero no puede estar segura; tal vez solo fuera el murmullo de la fábrica. Lo que no entiendo, insiste, es por qué los subtes corren más lento de noche, y vuelve a mencionar la luz de los vagones, la sensación de silencio que esa luz produce, tal vez por la falta de parpadeo, por la constancia de sus lúmenes. Pero se trata de un silencio falso. Como ahora, que ya ni siquiera oímos el tren sobre nuestras cabezas. Hace una pausa, y durante toda ella, no pasa ningún tren. Hay presencias enormes, dice, y de pronto me doy cuenta de que esto es lo último que dirá.

El chico nuevo termina de poner los bancos patas arriba sobre la barra y va a buscar la escoba. Después tendrá que baldear, por los ratones y las cucarachas, sobre todo aquí, debajo de las vías. Yo he pasado el trapo innumerables veces sobre la marca de agua que deja el vaso de ella cada vez que lo levanta, y ahora estoy a punto de agarrar su vaso tibio, con restos de espuma, y llevarlo al fregadero. Lo único que nos separa es la barra y un montoncito de billetes de un dólar que ella ha ido dejando tras cada cerveza. Su suéter a rayas se refleja en el ventanal. Está sentada entre dos bancos invertidos, como ramas, como árboles de invierno.

Inzúa

A la memoria de Washington Inzúa

W. I.

De la chica no puedo decirte mucho, flaca, bajita, lo único que sé. Linda, como todas las chicas de esa edad para un hombre de la mía, porque en el recuerdo las mujeres no envejecen. Yo tenía que encorvarme un poco para que ella me hablara fuerte al oído. Siempre tuve mi tamaño, no vayas a creer. Si lo pienso, es como si siguiéramos bailando, no hace veinticinco años sino ahora, acá mismo mientras te lo cuento. «¿Dónde trabajás?», fue lo primero que me preguntó. «En el Municipio», dije. «¡Ah, somos compañeros de trabajo!». Eso le dio seguridad, supongo, porque le hice dar unas vueltas en la pista y la atraje de nuevo, así como se trae un yoyó, tirando despacito del brazo, y ella se reía. Tenía los dientes muy blancos. Mirá vos de lo que me acuerdo… La pista era de tierra y entre acto y acto la rociaban con agua para que no se levantara polvo. «Trabajo en el Palacio», dijo ella, «en el quinto piso». «Yo trabajo en el cementerio central», dije. Enseguida se puso alerta; le sentí rígida la cintura. Son esas cosas, esas cosas que sabés un segundo antes de que pasen. «¿Vos trabajás en el cementerio? ¿Sos administrativo?». «No», dije, «soy obrero de campo». «¿Vos tocás cadáveres?». En la segunda vuelta ya no tenía pareja.

N. G.

Y el muy necio seguía comiendo. Le dije: «Andá a verla, se siente mal». Pero él masticaba algo, un refuerzo o un bizcocho, con su mandíbula de ingeniero ortodoncista. Cuánto ejercicio tuvo que hacer, cuántas visitas al dentista para que la mandíbula le quedara así, para adelante, y no en el lugar donde nació. Fui al cuarto, que estaba oscuro y fresco, con olor a remedios. Ella respiraba raro, algo sonaba al final de cada exhalación, como si expulsara el fondito mismo del pulmón, ese aire rancio reservado para el último suspiro. No me pregunte cómo supe, pero fui hasta la cama, le toqué la mano y ella abrió los ojos. «Aprovechá a descansar», le dije, «después traigo la tele y miramos *Quién quiere ser millonario*». Ella hizo un esfuerzo por sonreír y yo sentí una pena, no sé cómo explicarlo, sentí una pena como si supiera. Volví a la cocina y puse los platos sucios en la pileta. Una puede morirse mientras el necio mastica, mientras el necio mete platos en el agua enjabonada. Esa mandíbula es su orgullo. Para qué. El mundo se viene abajo y él mastica, puede sentir hambre también. Una vez casi nos divorciamos y él se puso a comer una hamburguesa. Veinticinco años de matrimonio, así. A veces pienso: ¿Y si fuera yo? ¿Y si soy yo la que agonizo mientras este necio se termina su rosca de chicharrones? Imaginesé, de chico hacía ejercicio con la mandíbula; le habían calculado los centímetros y le quedó perfecta, casi de mentira le quedó. Pero vaya uno a saber cómo te afecta eso, qué te hace en la cabeza tanta disciplina. Al final se levantó. Empujó la silla hacia atrás, hizo chirriar las patas en la baldosa, y fue. Volvió sabiendo. Tenía la cara desencajada, pedazos de pan entre las muelas. O algo así me imaginé, porque en esos momentos se piensa en cualquier cosa, ¿no? Usted sabe mejor que yo. Será una forma de distraer el dolor, digo, de distraer el espanto. «¿Qué pasó?», le dije al verlo, «decime ¿qué pasa?». Pero yo también sabía.

W. I.

Hace veintiocho años vivía en el hotel Pirámides, un hotel viejo frente a la catedral. En aquel entonces la Ciudad Vieja no era como ahora, no señor, todos esos edificios blanqueados, los cruceros, un policía en cada esquina. Cuando mi mujer quedó embarazada del segundo ya no podíamos seguir viviendo en el hotel y un cliente del bar me ofreció un puesto en la intendencia. Si vos creés en el destino, ahí lo tenés. Ahí estaba el destino obrando, haciendo de las suyas. Porque cuando llegué a la oficina, resultó que la única vacante estaba en el Servicio de Necrópolis. «¿Te animás?», me dijo el hombre. Yo tenía un bebé de ocho meses y otro en camino, ¿cómo podía no animarme? Así entré al cementerio, aunque en ese momento, mientras firmaba la planilla con mis datos, no sabía cuánto cambiaría todo. La tarea la fui aprendiendo de a poco. Estuve tres años de administrativo, y después, porque un administrativo ganaba menos que un obrero de campo, pasé a ser sepulturero. Pero hay quienes llegan de otro sector, limpieza, recolección o barrido, que tal vez nunca vieron un muerto, y el primer día tienen que acompañarme a hacer una reducción. Ahora soy yo el que pregunto: «¿Te animás?». Y ahí tienen que decidir: si soportan o no, si se van o se quedan. En veinticinco años he visto a muchos sepultureros perder la cabeza, sí señor… De mí dicen que soy tranquilo, bondadoso, buen compañero, pero cuando me enojo dicen que soy como un sicópata. Y tienen razón. No me temblaría la mano si tuviera que cortarle la cabeza o un brazo a alguien, si tuviera que abrirle el cuello. A ninguno de los sepultureros nos temblaría la mano.

R. M.

Fíjese, señor… ¿Washington? Fíjese, señor Inzúa, que es lindo arreglar cosas. Mi padre arreglaba paraguas, tenía una tienda en Tristán Narvaja. Y antes de eso mi abuelo fue sombrerero. Ahora todo se tira, se descarta. Vas por la calle y te encontrás un paraguas roto. Yo no puedo ver un paraguas roto sin pensar en un pájaro, fíjese, y sin pensar en mi padre, en la rabia que le daba a él que se descartaran las cosas. «Todo tiene arreglo», decía, pasaba horas con un solo paraguas hasta que quedara impecable. Claro que no eran paraguas chinos, paraguas baratos como los de ahora… ¿Si me arrepiento? Me arrepiento. Era ambicioso, y allá me fui a trabajar a la panificadora, porque pagaban bien y no había que aprender nada. El negocio de mi padre iba de mal en peor, los tiempos empezaban a cambiar. Y no lo voy a aburrir con toda la historia. Fue un segundo; miré para otro lado y la cuchilla me agarró el brazo. No, no todo tiene arreglo. Vine para la reducción de mi padre y ahora vengo por mi hermano. Mi abuelo también está acá: ninguno pasó de los sesenta. ¿Usted cuántos brazos sin vida ha visto, separados del cuerpo? Muchos, ¿no? Yo vi el mío.

W. I.

Así es como se destruyen las urnas, ¿ves? A este panteón lo van a arreglar, van a revestirlo y a cambiarle los catres. Los catres son esos fierros donde se apoyan los cajones. Este montón de restos y de urnas fueron sacados de ahí para que el constructor pueda hacer su trabajo, pero deben volver al local. Y acá tengo un tacho lleno de restos, mirá, son del siglo pasado. Las urnas se pudren con la humedad y el tiempo y después se rompen, los restos quedan sueltos, estos mismísimos que están ahora en las tinajas. Un sepulturero tiene que meterse dentro del nicho por completo. Tiene que arrastrarse, abrir urna por urna hasta localizar a la persona que buscamos. Y hay tantos animales ahí… El local estuvo cerrado mucho tiempo y esos animales viven en la oscuridad. En el momento en que abrís la tapa salen cientos de cucarachas, arañas, ciempiés. También hay cajones en descomposición, ataúdes que conservan líquidos. ¿Por qué, decís? Porque el forro de un ataúd es de nailon y el cuerpo no sufre la descomposición natural. Abrís el nailon y encontrás la carne pegada al hueso. Nosotros tenemos que sacar esa carne, que es como una pasta, para dejar el hueso limpio y meterlo dentro de una urna. Sí, claro que se hace polvo. Ese polvo que tenés en los zapatos es polvo de huesos, se va con el agua, con la tierra. Pero a veces no hay más remedio que reducir el cuerpo. Para eso usamos un cuchillo normal, un cuchillo Tramontina. Y hay que saber colocar los huesos. No es como quien agarra una caja de zapatos, mete los zapatos ahí y entran justo, no señor. Y cuántas veces el cajón llega solo… Cuántas veces las seis personas que ocupan las manijas del cajón son solo los sepultureros.

V. S.

Y entonces entro a la sala y estaba ahí, ni siquiera cubierto con una manta. Pero no es eso. Estaba ahí con una ropa que no le conocía, pero que era más o menos la misma de siempre. Una camisa parecida a las demás, pero que yo no había visto nunca, una camisa que mis manos no habían tocado, ni puesta, ni en la percha, ni en la bolsa con olor a lavadero. Y creo que eso me sorprendió más que el hecho de verlo tranquilamente recostado sobre la camilla, muerto. No tenían a quién llamar. El contenido de sus bolsillos estaba ordenado sobre un escritorio. Había un yesquero Bic y un paquete de chicles. «¿Lo reconoce?», me preguntó el oficial. Las zapatillas de lona azul eran lo único que no había cambiado.

W. I.

A mi padre lo enterró otro sepulturero, a mi nieto lo enterré yo. Pero aunque lo haga otro, igual estás involucrado, no como un albañil o un pintor, como si fueras otra persona. Estás parado ahí, entre la gente, mirando cómo tus compañeros empujan el cajón dentro del nicho, y apenas te das cuenta de que no tenés el uniforme. Me acuerdo de verlos maniobrar arriba de la grúa, atornillando la tapa sobre el ser que más quise en la vida, mi viejo, mi ídolo, y seguir viendo aquello como uno de los tantos ataúdes que recibo a diario a nivel laboral. Recién después, en la soledad, pude llorar. Sobre la mesa del comedor había quedado la radio del viejo, una radio chiquita, de transistores. Él se la llevaba a todos lados, y desde chico tengo el recuerdo de escuchar Radio Clarín sonando adentro del baño. Se metía ahí a afeitarse con brocha, a leer el diario de los domingos, y no había quien lo hiciera salir. Mi vieja le golpeaba la puerta y le decía que se dejara de bailar «la milonga del caño». Era un caso, el viejo, un verdadero caso… Y ahora mi hijo mayor quiere seguir mi carrera. Él tiene su orgullo, no vayas a creer. Me dice: «Papá, el día que vos te jubiles, yo me quedo acá». Ellos me ven más en el cementerio que en casa, porque uno es sepulturero los trescientos sesenta y cinco días. Tenés que hacerte tiempo para estar en un cumpleaños, para pasar con ellos un fin de semana. Mirá ese pájaro que está ahí, ¿lo ves? Atrás del panteón con el angelito arrodillado. Ese pájaro también se va a morir. La muerte es la única carrera que nadie quiere ganar, la única en la que todos quieren salir últimos. Pero el reloj algún día se para y pasamos a ser uno más de los que están adentro de estos locales. Apenas unas iniciales, con suerte un nombre borroso. ¿Qué cosas ves vos a diario? ¿Computadoras? ¿Niños con delantal? Tal vez si estás del otro lado del muro, no pensás nunca en eso. Pero el reloj se detiene para todo el mundo, sí señor. Me parece oírlo ahora, el tictac del mío. Y si hacés silencio, vas a escuchar el tictac del tuyo.

A. L.

Cenando en casa de los suegros de mi hermana, ¿puede creer? Tres años sin verla y vengo a enterarme ahí, llamada de larga distancia a su celular. Helena nunca tuvo tacto para las cosas. Corta el teléfono y suelta la noticia en la mesa, como si escupiera sobre la comida. Veo al suegro de Helena congelarse en el gesto de apretar un limón sobre el pescado. Su mujer algo conmovida, pero sin entender quién era Diego, con miedo de que fuera mi novio o el padre de mi hija. Me paro, y la servilleta que tenía en la falda cae y se me enreda en el zapato. Es absurdo. De pronto estoy sacudiendo el pie. La servilleta no se suelta, y tampoco sé si ellos ven lo que pasa abajo de la mesa. Después Helena me escolta al baño. Caminamos por un pasillo oscuro, con paredes empapeladas y olor a tierra húmeda. Helena empuja una puerta y tantea el interruptor de la luz. El baño se enciende. «¿Viste lo que es?», dice. Por un momento tengo miedo de que quiera entrar conmigo, como hacen algunas mujeres. Yo nunca tuve ese tipo de relación con mi hermana, digamos, de intimidad. No creo haber visto a Helena desnuda desde que era chica, y la verdad es que no tenemos nada en común, apenas nos soportamos. «¿Qué tiene de especial?», pregunto. «¿No ves?», dice, «Se podría comer ahí adentro». El paraíso, según mi hermana, tendría que ser algo así, inmaculado y sin gérmenes, en lo posible insonorizado. Entré al baño y cerré con llave. Las paredes tenían dibujos de ocas y canastos. En el fondo del inodoro el agua era azul, con olor fuerte a lavandina. Bajé la tapa y me senté. No veía a Diego desde hacía cinco años. Lo último que me dijo fue: «¿Así que ahora sos una mujer feliz?». Llevaba la misma camiseta negra con la «A» anarquista que a los diecisiete años. Estiré el brazo y con la uña rasqué una de las ocas. Estaban impresas sobre el azulejo.

W. I.

Nada se salva, ni el sexo, mirá lo que te digo… Vos pensarás: este está loco. Puedo estar loco, sí, pero trabajar con la muerte te cambia. Muchos compañeros tienen pesadillas por las noches, algunos se atienden con psiquiatras, están medicados, otros perdieron la familia, le dieron demasiado al trago. Y tal vez la chica del baile tuviera razón. Porque uno mentaliza a la mujer en el *summum* de la belleza, lo puro, pero cuando por la mañana ves a una mujer en ese estado frío y esquelético, rígido, y la tenés que cortar, quiero saber si después, cuando cerrás los ojos en tu casa y tenés que concentrarte en tu pareja, no se te cruza la muerta por la mente... Y te bloquea. Claro que te bloquea. Tu pareja dice: «¿Qué te está pasando?». Y no le podés contar lo que te está pasando. Ahora yo tengo todas esas imágenes en la cabeza: la muchacha aquella con los dientes más blancos que he visto, te juro, y las otras, que son macabras. Pero a las cinco de la tarde, cuando pongo el candado, es como si cambiara una imagen por la otra. Salgo por esa puerta y soy una persona más.

J. R.

Lo vi caer por la ventana del living. Primero pensé en un bolso o un paquete de ropa, pero en el fondo sabía que era un hombre. Por eso no me moví, no quería ser yo el que lo encontrara. Una vez me procesaron por agresión a un oficial. No los voy a culpar; le di con una botella en la cabeza y cuando oí el quiebre, no supe si era el vidrio o el hueso. El caso es que me quedé ahí, esperando, hasta que se oyó un revuelo en la vereda. No recuerdo ningún otro ruido. Si usted me pregunta cómo suena un cuerpo que se estrella contra el suelo, yo le digo: no suena, se deposita como algo blando. Cuando me asomé a la ventana pensé que vería un cerebro aplastado contra la baldosa. Pero no, vi la nuca de los que se inclinaban sobre el hombre. Al rato, cuando llegó la ambulancia y despejaron a la gente, lo vi acurrucado en la vereda, sin sangre, la ropa apenas desarreglada. Parecía dormido.

W. I.

De noche hay cantos de grillos, gritos de animales nocturnos, aleteos de palomas. Los pájaros vienen a dormir, tienen sus ramas. Saben el horario en que cierra el cementerio y basta con que ponga el candado en el portón para que bajen. Tenés que verlos, bajan todos juntos, como si descendiera un espíritu. Yo digo: el retorno de las aves. Pero el silencio total no existe en un cementerio. Ese silencio del que la gente habla está en la mente. ¿Cuál sería el ruido del silencio? Animales que duermen entre el follaje de los pinos, una lechuza moviéndose en la noche. Y están los hechiceros, también, la sombra de un umbandista alejándose por Carlos Viana. Son ágiles, tres pasos y ya no los ves entre los postes de luz y los autos. Después encontrás ofrendas en los portones, sacrificios sobre las tumbas. A veces abro el cementerio por la mañana y siento el maíz bajo los pies. Enseguida veo una gallina degollada, velas en los sepulcros. En el portón del fondo, que mira al río, me han colgado cabezas de cabra. Una vez apareció un sapo que caminaba a los tumbos; le habían cosido la boca. Junto con otro compañero se la descosimos y adentro del sapo encontramos la foto de una pareja. Cuando muere el sapo, también muere la persona. Eso dicen, la persona se seca.

H. F.

Si ella me viera ahora se reiría. O se lo tomaría como una ofensa. «No te pongas en gastos. ¿Estás loca, vos?». Y yo le prometí, cuántas veces le prometí que no iba a hacer nada de eso: esperar a los parientes de Italia, visitarla en el cementerio, prenderle velas. Y al final acá estoy. En el quiosco de enfrente compré este ramo. Carísimos, lucran con la gente. Podría haber comprado jazmines, son más frescos, informales, como que una pasaba por ahí y arrancó un gajito. Pero no. Porque al final los jazmines de tan perfumados son los que más se marchitan, los que más apestan con su tufo dulce, y los pétalos agarran ese color oxidado. Total, cuando vinieron a buscarla ellos también hicieron lo que quisieron. No me iban a preguntar a mí, que al fin de cuentas no soy de la familia. Se pasa bien acá, entre tanto árbol. Dígame si estoy loca: a veces no sé si hablo con ella o con esa estatua de la virgen, y mire que no soy católica. ¿Hubo muchos hoy? Ya me imaginé… por eso cobran lo que cobran por un ramo de claveles, y ni siquiera te lo envuelven en celofán. Ella siempre decía:

«En este país se funden hasta las funerarias». No se imagina lo que era, se reía de todo. Ahora mismo, si nos viera, se estaría matando de la risa.

W. I.

¿Si existe otro mundo? A veces vienen los estudiantes de Bellas Artes y caminan conmigo entre estas esculturas. Según la perspectiva desde donde las mires, muchas cosas cambian. La piedra tiene movimiento, aunque sos vos el que se mueve por ella. No, no creo que haya otro mundo, pero si volviera a nacer sería otra vez sepulturero. ¿Cómo explicarlo? Un sepulturero puede acercarse a personas que cumplieron un ciclo en la vida; seres que nunca te imaginaste poder tocar, con quienes nunca imaginaste compartir ese instante: ellos muertos y vos vivo. Cuerpos extraños, tenés razón, pero no más extraños que el de esa muchacha a la que toqué una sola vez en un baile. Acercate, mirá. Casi todas las tumbas antiguas tienen un reloj de arena grabado en la piedra… Yo estoy tranquilo con la muerte, pero, si pudiéramos echarle agua a ese reloj de arena para que no pasara y quedara estacionado, sería fabuloso, ¿no? Sería fabuloso.

«Para viajar lejos no hay mejor nave que un libro.»
EMILY DICKINSON

Gracias por tu lectura de este libro.

En **Penguinlibros.club** encontrarás las mejores
recomendaciones de lectura.

Únete a nuestra comunidad y viaja con nosotros.

Penguinlibros.club